Jennifer D. Aston
Estella und der Dschungel der Geister

Jennifer D. Aston

# Estella und
# der Dschungel der Geister

Roman

Bibliografische Information der Deutschen Nationalbibliothek:
Die Deutsche Nationalbibliothek verzeichnet diese
Publikation in der Deutschen Nationalbibliografie; detaillierte
bibliografische Daten sind im Internet über http://dnb.dnb.de
abrufbar.





Verlag: BoD · Books on Demand GmbH, In de Tarpen 42,
22848 Norderstedt, bod@bod.de

Druck: Libri Plureos GmbH, Friedensallee 273, 22763
Hamburg

ISBN: 978-3-7693-1995-8

# Inhaltsverzeichnis

# KAPITEL 1: DIE GLÜHENDE NACHT

Gräfin Estella saß in ihrem prunkvollen Boudoir, umgeben von opulenten Seidenkissen und dem zarten Duft von Jasmin, der durch die offenen Fenster hereinwehte. Die letzten Sonnenstrahlen des Tages tauchten den Raum in ein warmes Gold, doch sie konnte die eisige Kälte nicht vertreiben, die sich in ihrem Inneren ausbreitete. Der Abend, der alles verändert hatte, lag erst wenige Tage zurück, und dennoch schien es ihr wie ein ganzes Leben.

Estella war eine junge, attraktive Frau von außergewöhnlicher Erscheinung. Ihr mahagonifarbenes Haar fiel in sanften Wellen über ihre Schultern, und ihre tiefgrünen Augen wirkten, als könnten sie jeden Menschen durchschauen. Ihr schlanker, eleganter

Körper zeugte von einem Leben voller Disziplin, während die Anmut ihrer Bewegungen auf ihre noble Abstammung hinwies. Doch hinter dieser königlichen Fassade verbarg sich eine starke, unabhängige Frau, die sich nicht von gesellschaftlichen Erwartungen einschränken lassen wollte.

Emanuel. Sein Name war ein Fluch und ein Flüstern zugleich, ein Schmerz und eine Sehnsucht, die sie nicht loslassen konnte. Sie erinnerte sich an den Moment, als sie ihn zum ersten Mal gesehen hatte. Es war auf einem prunkvollen Maskenball gewesen, der in den Hallen des berühmten Grand Palais stattfand. Estella trug eine silberne Maske, die ihre Augen betonte, und ein Kleid aus perlmuttfarbenem Satin, das ihre Gestalt wie eine zweite Haut umschmeichelte. Sie hatte sich unter die Menge gemischt, als sie ihn erblickte.

Emanuel war ein Mann, der sofort die Aufmerksamkeit auf sich zog. Mit seiner hohen, schlanken Gestalt, den klaren Gesichtszügen und dem markanten Kiefer strahlte er eine unerschütterliche Selbstsicherheit aus. Sein rabenschwarzes Haar war sorgfältig zurückgekämmt, und seine stahlblauen Augen hatten einen durchdringenden, fast hypnotischen Blick. Er war umgeben von einer Aura aus Geheimnis und Gefahr, die Estella gleichermaßen anzog wie beunruhigte.

Ihre Blicke trafen sich über den Raum hinweg, und in diesem Moment schien die Welt stillzustehen. Emanuel lächelte leicht und erhob sein Glas in ihre Richtung, ein subtiler Gruß, der sie herausforderte. Estella spürte, wie ihr Herz schneller schlug. Sie wusste nicht, warum, aber sie konnte ihren Blick nicht von ihm abwenden. Ehe sie es sich versah, stand er vor ihr.

"Guten Abend, Mylady", sagte er mit einer Stimme, die tief und samtig war. "Darf ich um diesen Tanz bitten?"

Estella nickte stumm, unfähig, ein Wort herauszubringen. Als er ihre Hand nahm, spürte sie die Hitze seiner Berührung und die Kraft, die von ihm ausging. Der Tanz begann, und für Estella schien es, als wären sie die einzigen Menschen im Raum. Emanuel führte sie mit einer Eleganz und Präzision, die sie gleichzeitig faszinierte und herausforderte. Seine Augen ließen keinen Moment von ihren.

Nach dem Tanz hatte er sie in ein abseits gelegenes Zimmer geführt, wo sie ungestört sprechen konnten. Die Gespräche mit ihm waren wie ein Tanz aus Worten, voller Andeutungen und unausgesprochener Versprechen. Emanuel schien sie mit jedem Satz tiefer in seinen Bann zu ziehen, bis sie schließlich alle Vorsicht fallen ließ. Die Nacht, die darauf folgte, war wie ein Rausch aus Leidenschaft und Hingabe. Ihre Körper hatten in einer Harmonie miteinander getanzt, die Estella nie für möglich gehalten hatte.

Doch als der Morgen graute, war Emanuel fort. Kein Abschiedsgruß, keine Nachricht. Nur die bohrende Stille, die sie nun verfolgte wie ein dunkler Schatten.

Estella blickte erneut auf ihr roségoldenes Smartphone, das schon viel zu lange still und emotionslos auf ihrem Schminktisch lag. Wie oft hatte sie in den letzten Tagen auf das Display geschaut, in der Hoffnung auf eine Nachricht von ihm? Jede Sekunde seines Schweigens war wie ein Stich in ihr Herz. Doch mit jeder Stunde wuchs etwas anderes in ihr: eine glühende Wut, die ihre Trauer zu überwältigen begann.

Diese tiefe Emotion war nicht neu für sie, doch dieses Mal fühlte sie sich intensiver an. Als Erbin eines riesigen Familienbesitzes hatte Estella gelernt, sich von jungen Jahren an zu behaupten. Ihre Familie besaß nicht nur weitläufige Landgüter, sondern auch mehrere Technologieunternehmen, die sie seit dem frühen Tod ihrer Eltern leiten musste. Sie hatte es sich zur Aufgabe gemacht, Tradition mit Innovation zu verbinden, und war dafür oft genug von älteren Geschäftspartnern belächelt worden. Doch sie hatte ihre Kritiker stets zum Schweigen gebracht – durch kluge Entscheidungen, harte Arbeit und unerschütterliches Selbstvertrauen.

Diese Entschlossenheit hatte sie immer getragen, doch Emanuel hatte etwas in ihr erschüttert. Sie konnte nicht begreifen, wie ein Mann, den sie nur so kurz gekannt hatte, eine solche Macht über sie gewinnen konnte. Sein Verschwinden hatte eine Leere in ihr hinterlassen, die sie nicht gewohnt war. Sie war es gewohnt, Kontrolle zu haben, doch hier war sie der Spielball anderer.

Estella erhob sich von ihrem Schminktisch und trat ans Fenster. Draußen zogen die letzten Lichtstrahlen des Tages über die gepflegten Gärten ihres Anwesens. In diesen Gärten hatte sie als Kind gespielt, hatte sich verlaufen und gefunden, stets unter den wachsamen Augen ihrer Zofe Marguerite. Marguerite war mehr als eine Angestellte – sie war eine Freundin, eine Vertraute, jemand, der immer da gewesen war, um Estella wieder aufzufangen, wenn sie fiel.

In dieser Nacht fühlte Estella sich jedoch allein. Sie dachte an die Männer, die zuvor in ihrem Leben gewesen waren. Es gab nicht viele, die es wagten, einer Frau wie ihr zu nahe zu kommen. Die wenigen, die es versuchten, scheiterten an ihren eigenen Unsicherheiten oder an ihrer Unfähigkeit, mit ihrer Stärke umzugehen. Doch Emanuel war anders gewesen. Er hatte sie angesehen, als hätte er sie schon lange gekannt. Er hatte ihre Stärke nicht infrage gestellt, sondern sie gefeiert.

Und dann hatte er sie verlassen.

Estella ballte die Hände zu Fäusten. "Das werde ich nicht zulassen", murmelte sie vor sich hin. "Emanuel, wenn du glaubst, du kannst mich einfach vergessen, dann kennst du mich nicht."

Ihre Wut wuchs weiter, bis sie schließlich den Raum mit schnellen Schritten verließ. Sie konnte nicht stillsitzen, während diese Gedanken sie quälten. Sie musste handeln. Und wenn Emanuel sich nicht von selbst melden wollte, dann würde sie ihn finden – egal, was es sie kosten würde.

# KAPITEL 3: SCHATTEN DER VERGANGENHEIT

Emanuel saß allein in einem kleinen, spärlich beleuchteten Raum einer heruntergekommenen Pension am Rand der Stadt. Das trübe Licht einer schwach flackernden Glühbirne warf weiche Schatten auf die Wände, während er ein zerknittertes Foto in den Händen hielt. Es zeigte zwei Männer: einen jüngeren Emanuel und Viktor Rosseau. Beide standen vor einem einfachen Gebäude, ihre Gesichter von Schweiß und Staub gezeichnet. Während Emanuel auf dem Bild erschöpft, aber zufrieden wirkte, lag in Viktors Augen ein Hauch von etwas Dunklerem – Ambition, gemischt mit Gier.

Die Erinnerungen an diese Zeit überkamen Emanuel wie eine Flutwelle. Es war fast zehn Jahre her, dass sie gemeinsam in Südamerika gearbeitet hatten, für eine Organisation, die Hilfsgüter in Krisengebiete brachte. Damals hatte Emanuel noch an das Gute in den Menschen geglaubt, und Viktor war für ihn ein Vorbild gewesen – jemand, der keine Mühen scheute, um scheinbar uneigennützig Hilfe zu leisten. Gemeinsam hatten sie Lebensmittel verteilt, Medikamente geliefert und Menschen in abgelegenen Regionen geholfen, die sonst vergessen worden wären.

Doch schon bald hatte Emanuel bemerkt, dass Viktors Interesse nicht den Menschen galt, sondern den Möglichkeiten, die sich boten. Immer wieder hatte Viktor Geschäftsleute und lokale Machthaber getroffen, während Emanuel sich um die Hilfsbedürftigen kümmerte. „Netzwerken", hatte Viktor es genannt, doch Emanuel hatte es anders empfunden – als Manipulation.

Der Bruch war gekommen, als sie ein kleines Lagerhaus in einem entlegenen Dorf erreichten. Es war mit Hilfsgütern gefüllt, die das Überleben der Gemeinde sichern sollten. Emanuel hatte die Vorräte organisiert, während Viktor sich angeblich um die Verteilung kümmern wollte. Doch Emanuel hatte bald gemerkt, dass Viktors Absichten ganz anderer Natur waren. In

einer stickigen Nacht war er aufgewacht und hatte
Viktor dabei belauscht, wie er mit einem lokalen
Waffenschmuggler verhandelte.

„Dieses Lagerhaus ist perfekt", hatte Viktor gesagt,
seine Stimme ruhig und berechnend. „Ich übernehme
den Transport der Waffen und sorge dafür, dass sie an
die richtigen Leute kommen. Das Risiko ist minimal,
und der Gewinn enorm."

Emanuel hatte es nicht fassen können. Die
Medikamente und Lebensmittel, die das Dorf zum
Überleben brauchte, sollten gegen illegale Waffen
ausgetauscht werden. Es war ein Deal, der das Leben
unzähliger Unschuldiger gefährden würde. Als
Emanuel Viktor zur Rede stellte, hatte dieser nur
gelächelt, ein Lächeln, das Emanuel bis heute verfolgte.

„Du bist so naiv, Emanuel", hatte Viktor gesagt.
„Idealismus bringt dir nichts. Die Welt gehört
denjenigen, die Risiken eingehen – und bereit sind,
Opfer zu bringen."

Emanuel hatte ihm damals die Stirn geboten. Er hatte
die Dorfbewohner gewarnt und dafür gesorgt, dass die
Hilfsgüter nicht in Viktors Hände fielen. Doch der Preis
war hoch gewesen. Viktor hatte seine Kontakte genutzt,
um Emanuel zu diskreditieren, und die Organisation

hatte ihn fallen lassen. Es hatte Jahre gedauert, bis
Emanuel wieder Fuß gefasst hatte. Die Schuldgefühle
jedoch blieben. Er hatte das Dorf gerettet, aber Viktors
Machenschaften hatten viele andere Menschen
getroffen. Das Blut, das durch Viktors Geschäfte
vergossen wurde, fühlte sich an, als klebte es an
Emanuels Händen.


Nun, Jahre später, hatte Emanuel erneut Viktors Spur
aufgenommen. Er wusste nicht, ob es Schicksal war
oder eine unausweichliche Konfrontation. Doch diesmal
wollte er vorbereitet sein. Es gab eine neue Möglichkeit,
ein neues Wagnis – eine Spur, die ihn in den Dschungel
führte. Ein Vorhaben, das vielleicht nicht nur seine
Schuld tilgen, sondern auch etwas wirklich Gutes
bewirken konnte. Doch er wusste, dass Viktor nicht
weit war. Sein alter Rivale hatte eine unheimliche
Fähigkeit, überall dort aufzutauchen, wo Macht und
Profit lockten.

Emanuel ballte die Hände zu Fäusten, als er das Foto ein letztes Mal betrachtete. Er hatte einst geglaubt, Viktor sei sein Freund gewesen, jemand, der wie er helfen wollte. Doch jetzt wusste er, dass Viktor ihn nur benutzt hatte. Und doch konnte er den Gedanken nicht abschütteln, dass irgendwo tief in Viktor der Mann existierte, den er einst bewundert hatte.

Er steckte das Foto in seine Tasche und atmete tief durch. Diesmal würde er sich nicht von Viktor manipulieren lassen. Was auch immer im Dschungel auf ihn wartete, er würde es zuerst erreichen – nicht, um Viktor zu schlagen, sondern um sicherzustellen, dass er nicht erneut Menschenleben aufs Spiel setzte.

„Kein weiteres Opfer", murmelte Emanuel leise. „Kein weiterer Verlust."


Er löschte das Licht und trat hinaus in die Nacht. Der Weg war gefährlich, aber Emanuel war bereit, alles zu riskieren, um die Fehler der Vergangenheit wiedergutzumachen – und vielleicht endlich seinen eigenen Frieden zu finden.

# KAPITEL 4: EIN PLAN NIMMT GESTALT AN

Die ersten Tage nach seinem Verschwinden hatte Estella in einer Mischung aus Verzweiflung und Wut verbracht. Doch nun, als die Sonne langsam hinter den hügeligen Wäldern unterging, formte sich ein Plan in ihrem Kopf. Sie würde Emanuel finden, ihn zur Rede stellen. Und wenn sich herausstellte, dass er sie wirklich nur benutzt hatte, würde er ihre Rache zu spüren bekommen.

Während Estella die Einfahrt ihres Anwesens hinunterschritt, trat ihre Zofe Marguerite in den Eingangsbereich. Marguerite war eine Frau mit klarem Verstand und einem scharfen Blick, der stets mehr sah, als andere wahrnahmen. Ihre braunen Haare, streng zu einem Knoten gebunden, und die dezente Kleidung konnten ihre stille Autorität nicht verbergen. Sie diente der Gräfin nicht nur als Zofe, sondern auch als Beraterin und manchmal als Vertraute.

"Gnädige Gräfin", begann Marguerite, während sie einen leichten Seidenschal zurechtrückte, "ich weiß nicht, wohin Sie sich begeben, doch ich erkenne in Ihren Augen eine Entschlossenheit, die mich beunruhigt."

"Unbegründet", erwiderte Estella knapp und strich mit der Hand den Stoff ihres Kleides glatt. "Das ist eine Angelegenheit, die ich selbst regeln muss."

Marguerite trat einen Schritt zurück und beobachtete ihre Herrin mit einer Mischung aus Respekt und Sorge. Sie wusste, dass Estella zu großen Taten fähig war, doch ebenso kannte sie die Gefahren der Welt, in der sich die Gräfin bewegte. "Vielleicht kann ich Ihnen behilflich sein", wagte Marguerite, ihre Stimme ruhig, doch bestimmt.

Estella hielt inne und sah sie an. Es war ein stiller Moment des Verständnisses zwischen den beiden Frauen, bevor die Gräfin mit einem leichten Nicken antwortete. "Vielleicht wirst du das müssen."

Lucien wartete bereits vor dem Anwesen, gelehnt an einen glänzenden schwarzen Sportwagen. Er war ein Mann von rauer Eleganz, mit einem unnachgiebigen Gesichtsausdruck und Augen, die von vergangenen Kämpfen sprachen. Sein maßgeschneiderter dunkler Mantel passte perfekt zu der geschmeidigen Silhouette des Wagens. Mit einer lässigen Bewegung öffnete er die Fahrertür.

Lucien hatte Estella in ihrer Jugendzeit geholfen, als sie einen Verrat innerhalb ihrer eigenen Familie überleben musste. Seitdem war er ihre rechte Hand für diskrete und heikle Angelegenheiten. Doch Lucien hatte seine eigene Agenda – eine Mission, die ihn tief in die zwielichtigen Netzwerke der Gesellschaft führte.

"Wohin führt uns der heutige Abend, Mylady?" fragte er, während er für Estella die Beifahrertür öffnete. Sein Ton war höflich, doch Estella konnte die Andeutung von Ironie in seinen Worten nicht überhören.

"Dorthin, wo Antworten warten, Lucien", erwiderte sie, während sie sich auf den Sitz gleiten ließ. "Und du wirst dafür sorgen, dass ich sie bekomme."

Lucien schloss die Tür hinter ihr und setzte sich ans Steuer. Der Motor des Wagens brummte leise, bevor er mit einem sanften Ruck anrollte. Während sie durch die beleuchteten Straßen fuhren, begann Estella, ihre Gedanken zu ordnen. Marguerite hatte sich in den Wagen des Sicherheitsdienstes gesetzt, der diskret hinter ihnen herfuhr. Beide Verbündeten waren entschlossen, Estella zu schützen, selbst wenn sie dafür gegen ihre eigenen Prinzipien verstoßen mussten.

# KAPITEL 5: DIE SPURENSUCHE

Die Lichter der Großstadt funkelten durch die getönten Scheiben des Sportwagens, während Lucien die Straßen mit der Präzision eines Rennfahrers durchquerte. Estella blickte nachdenklich aus dem Fenster, die Skyline von Hochhäusern und Neonlichtern spiegelte sich in ihren Augen. "Lucien", begann sie schließlich, ohne den Blick abzuwenden, "wir beginnen bei meinen Kontakten in der Stadt. Es gibt immer jemanden, der etwas weiß."

Lucien nickte. "Die üblichen Quellen? Oder suchen wir etwas... Spezielleres?" Seine Frage war neutral, aber der Hauch von Abenteuerlust in seiner Stimme war unverkennbar.

"Ich will Ergebnisse", sagte Estella bestimmt. "Kein Herumgerede. Es gibt einen Investmentclub, der dafür bekannt ist, die diskretesten Informationen auszutauschen. Emanuel hat dort einmal erwähnt, dass er Verbindungen dorthin hat."

Lucien warf ihr einen kurzen Seitenblick zu. "Die Helios-Lounge. Ambitioniert, aber machbar."

"Genau dorthin gehen wir."

Die Helios-Lounge war ein exklusiver Ort, versteckt hinter einer unscheinbaren Tür in einem der teuersten Viertel der Stadt. Marguerite hatte sich diskret abgesetzt, um aus dem Hintergrund zu agieren, während Lucien und Estella die Lounge betraten. Drinnen war alles aus Glas, Gold und Leder, und die leise Musik vibrierte wie ein Herzschlag in der Luft.

Ein Mann in einem makellosen Anzug trat auf sie zu. "Gräfin von Lorient, Sie ehren uns mit Ihrer Anwesenheit", sagte er mit einer höflichen Verbeugung. Estella erwiderte seinen Blick kühl. "Ich bin hier, um Antworten zu erhalten. Führen Sie mich zu den Menschen, die sie haben."


Die Lounge war erfüllt von leisen Gesprächen. Männer und Frauen in makellosen Designer-Outfits standen in Gruppen zusammen, ihre Bewegungen geschmeidig, ihre Stimmen gedämpft. Es war eine andere Welt, in der Macht und Diskretion die Hauptwährungen waren. Estella erkannte einige Gesichter: ein alter

Geschäftspartner ihres Vaters, der jetzt eine Bank leitete, eine Kunstsammlerin, die berüchtigt für ihre scharfe Zunge war, und ein Tech-Unternehmer, mit dem sie erst vor wenigen Monaten verhandelt hatte.

Lucien schob sich dicht an ihre Seite. "Die Frau dort", flüsterte er und nickte unauffällig in Richtung einer schlanken Frau mit silbergrauen Haaren und einem glitzernden Kleid, "ist Delphine Marceau. Sie ist in denselben Kreisen wie Emanuel unterwegs. Es könnte sein, dass sie mehr weiß."

Estella musterte Delphine. Sie hatte von ihr gehört – eine ehemalige Diplomatin, die sich jetzt auf hochkarätige Vermittlungen spezialisiert hatte. Delphine war bekannt für ihre Diskretion und ihre unerschütterliche Loyalität gegenüber ihren Kunden. Estella entschied, direkt zu ihr zu gehen.

Delphine hob eine perfekt geschwungene Augenbraue, als Estella näher kam. "Gräfin Lorient, ein unerwartetes Vergnügen. Was kann ich für Sie tun?"

"Antworten", sagte Estella ohne Umschweife. "Sie
kennen Emanuel. Wo ist er?"

Delphine hielt inne, ihr Blick wanderte für einen
Moment zu Lucien, dann zurück zu Estella. "Emanuel
ist ein Mann vieler Geheimnisse. Ich weiß einiges, aber
ich verrate es nicht ohne Gegenleistung."

"Was wollen Sie?" Estellas Stimme war kalt.

"Einen Austausch", sagte Delphine mit einem
geheimnisvollen Lächeln. "Etwas von gleichem Wert.
Aber lassen Sie uns das nicht hier besprechen." Sie
deutete auf eine private Sitzecke.

Während Estella Delphine folgte, blieb Lucien stehen
und beobachtete die Menge. Er hatte bereits andere
mögliche Verbindungen entdeckt: einen Finanzier, der
mit Emanuel Projekte in Südamerika unterstützt hatte,
und einen ehemaligen MI6-Agenten, der ebenfalls in
der Lounge war. Lucien wusste, dass diese Nacht mehr
als nur Informationen bringen könnte – sie würde die
Weichen für alles Weitere stellen.

# KAPITEL 6: EIN GEFÄHRLICHES SPIEL

Delphine führte Estella zu einer Sitzecke, abgeschirmt durch eine halbtransparente Glaswand, die den Eindruck von Intimität vermittelte, ohne die Umgebung ganz auszublenden. Der Duft von teurem Parfum hing in der Luft, und ein gedämpftes Licht beleuchtete den samtbezogenen Sitzbereich. Delphine nahm Platz und schlug elegant ihre Beine übereinander. Sie deutete Estella, sich gegenüberzusetzen.

"Bevor wir ins Geschäftliche gehen, Gräfin, wie gefällt Ihnen die Lounge?" Delphines Stimme hatte einen spielerischen Ton, doch Estella erkannte die bewusste Ablenkung.

"Ich bin nicht hier, um Dekorationen zu bewundern", entgegnete Estella mit kühler Bestimmtheit. "Ich will Antworten. Und wenn Sie ein Angebot haben, machen Sie es."

Delphine lächelte, als hätte sie genau diese Reaktion erwartet. "Emanuel und ich haben uns einige Male in geschäftlichen Kreisen getroffen. Seine Interessen sind breit gefächert, und ich weiß, dass er zuletzt eine Reise nach Südamerika plante. Genauer gesagt: in den Amazonas."

Estella runzelte die Stirn. "Der Amazonas? Warum sollte er dorthin reisen?" Delphine hob eine Augenbraue. "Sie wissen es nicht? Er ist bekannt dafür, seltene Gelegenheiten zu verfolgen. Manche nennen es Abenteuerlust, andere würden sagen, es ist ein Spiel mit hohen Einsätzen."

Estella lehnte sich zurück und musterte Delphine. "Was genau wissen Sie über diese Reise?"

Delphine zog ein Tablet aus ihrer Tasche und schaltete es ein. Mit ein paar Wischbewegungen öffnete sie eine Datei. "Ich habe einige Informationen über die Unternehmen, mit denen er zu tun hatte. Ich könnte Ihnen Zugang dazu verschaffen, wenn Sie mir einen kleinen Gefallen tun."

Estella verschränkte die Arme. "Was für einen
Gefallen?"

Delphine hielt inne, als überlege sie, wie sie ihre Worte
am besten wählte. "Ich habe ein Problem mit einem
gewissen Geschäftspartner. Ein Mann namens Viktor
Rosseau. Er ist ebenso charmant wie skrupellos und hat
mir bei einem früheren Deal eine erhebliche Summe
vorenthalten. Ich brauche jemanden mit Ihrem Einfluss,
um ihn zur Rechenschaft zu ziehen."

Estella überlegte kurz. "Und was genau erwarten Sie
von mir?"

"Eine Einladung zu Ihrer nächsten gesellschaftlichen
Veranstaltung. Eine Gelegenheit, Viktor dort zu treffen
und ihn unter vier Augen zu sprechen."

Estella dachte nach. Es war kein ungewöhnlicher Preis,
aber sie wusste, dass Delphine nicht leichtfertig
verhandelte. "In Ordnung. Ich werde Ihnen diese

Gelegenheit verschaffen, aber Sie geben mir Zugang zu allem, was Sie über Emanuel wissen."

Delphine lächelte zufrieden. "Einverstanden. Ich werde die Details vorbereiten und Ihnen die Informationen schicken. Aber seien Sie vorsichtig, Gräfin. Emanuel zieht oft gefährliche Kreise, und ich habe gehört, dass nicht jeder seine Rückkehr wünscht."

Lucien beobachtete von der Bar aus, wie Estella und Delphine sprachen. Sein Blick wanderte durch die Lounge, immer wachsam, immer analysierend. Eine bekannte Stimme unterbrach seine Gedanken.

"Lucien. Ich hätte wissen müssen, dass du hier bist."

Lucien drehte sich um und sah einen hochgewachsenen Mann in einem grauen Anzug, dessen Gesicht von einer alten Narbe durchzogen war. Es war Henry Calloway, ein ehemaliger MI6-Agent, der jetzt als privater Berater für Sicherheitsfragen arbeitete.

"Calloway", sagte Lucien knapp. "Ich hätte gedacht, du wärst in Dubai."

Henry zuckte mit den Schultern. "Geschäfte führen mich hierher. Aber ich vermute, du bist nicht aus reinem Vergnügen hier. Die Gräfin sucht jemanden, nicht wahr?"

Lucien erwiderte nichts, was Henry dazu brachte, leise zu lachen. "Keine Sorge, ich bin nicht hier, um zu stören. Aber ich kenne die Kreise, in denen Emanuel sich bewegt. Falls ihr in den Amazonas müsst, rate ich euch, vorbereitet zu sein. Dort gibt es keine zweiten Chancen." Lucien nickte. "Wir werden sehen."

Als Estella zu Lucien zurückkehrte, hielt sie eine Visitenkarte in der Hand. "Wir haben eine Spur", sagte sie. "Aber sie führt uns weiter, als ich gedacht hätte."

Lucien nahm die Karte und las die Adresse darauf. "Südamerika. Es wird gefährlich, Mylady." Estella sah ihn mit einem Blick an, der keinen Widerspruch duldete. "Dann sorgen wir dafür, dass wir bereit sind. Wir fliegen morgen."

Lucien nickte. "Ich werde alles arrangieren. Aber seien Sie sich bewusst: Wenn Delphine recht hat, wird dies kein einfacher Ausflug." Estella lächelte kühl. "Ein einfacher Weg hat mich noch nie interessiert."

Während sie die Lounge verließen, wusste Estella, dass dies erst der Anfang war. Doch sie war bereit, jede Gefahr in Kauf zu nehmen, um Emanuel zu finden – und die Wahrheit über seine Absichten zu erfahren.

## KAPITEL 7: WIEDERSEHEN AUF DER ABENDGESELLSCHAFT

Die Nacht in São Paulo war erfüllt von der pulsierenden Energie der Stadt. Hoch über der glitzernden Skyline, in einem der exklusivsten Veranstaltungssäle Brasiliens, fand die von Estella ausgerichtete Abendgesellschaft statt. Der Saal war ein Meisterwerk moderner Eleganz: Glaswände gaben den Blick auf die Stadt frei, während warme Beleuchtung die tiefroten und goldenen Akzente des Dekors betonte. Ein internationales Publikum hatte sich eingefunden, angezogen von der Mischung aus Geschäft und Glamour, die Estellas Veranstaltungen immer bot.

Estella selbst war eine Vision in einem smaragdgrünen Kleid, das ihre Augen betonte. Sie bewegte sich durch den Raum mit einer Anmut, die gleichermaßen natürlich wie einstudiert wirkte. Doch hinter ihrer perfekten Fassade war sie angespannt. Diese

Veranstaltung war mehr als nur ein gesellschaftliches Ereignis – sie war ein Köder.

Lucien, in einem scharfen schwarzen Anzug, hielt sich diskret im Hintergrund, seine Augen stets auf die Eingänge und die Menge gerichtet. Marguerite, diesmal als persönliche Assistentin getarnt, koordinierte die Gäste und achtete darauf, dass Estella jederzeit die Kontrolle über die Situation behielt.

Estella hatte die Gästeliste sorgfältig kuratiert. Unter den geladenen Gästen befand sich Viktor Rosseau, wie von Delphine vorgeschlagen, ebenso wie einige von Emanuels bekannten Geschäftspartnern. Doch die wahre Frage war: Würde Emanuel selbst erscheinen? Estella wusste, dass er von dieser Veranstaltung erfahren würde. Es war nur eine Frage der Zeit.

Die Gespräche im Raum wurden von einer Mischung aus portugiesisch, englisch und französisch geführt. Die Gäste, eine Mischung aus Bankern, Unternehmern und Kunstsammlern, schienen von der Kulisse beeindruckt. Doch Estella konzentrierte sich kaum auf die höflichen Floskeln, die sie austauschte. Ihr Blick wanderte immer wieder zu den Eingängen, auf der Suche nach einer vertrauten Gestalt.

Und dann, plötzlich, war er da.

Emanuel betrat den Saal, gekleidet in einen makellosen Smoking. Sein Blick glitt über die Menge, bis er auf Estella fiel. Für einen Moment schien die Welt stillzustehen. Estella spürte, wie ihr Herz einen Schlag aussetzte, bevor es doppelt so schnell weiterschlug. Sein Lächeln – charmant, herausfordernd, undurchschaubar – war dasselbe wie damals.

Lucien bemerkte ihre Reaktion und trat unauffällig an ihre Seite. "Er ist hier", sagte er leise. "Was ist der Plan, Mylady?"

Estella zwang sich, ruhig zu bleiben. "Wir sprechen. Aber nicht hier, nicht vor all diesen Leuten."

Lucien nickte. "Ich werde dafür sorgen, dass ihr ungestört seid."

Emanuel bewegte sich durch die Menge mit der mühelosen Eleganz eines Mannes, der an solche Kreise gewöhnt war. Die Gespräche verstummten kurz, als er vorbeiging, nur um dann mit neuem Enthusiasmus wiederaufzuflammen. Als er vor Estella stand, hielt er inne, und für einen Moment war es, als wären sie die einzigen beiden Menschen im Raum.

"Estella", sagte er mit dieser tiefen, samtigen Stimme, die sie nicht vergessen konnte. "Was für ein unerwartetes Vergnügen."

"Emanuel", erwiderte sie kühl, obwohl sie spürte, wie ihre Stimme leicht bebte. "Ich hätte nicht erwartet, dich hier zu sehen."

"Du weißt doch, ich lasse mir keine Gelegenheit entgehen", sagte er mit einem Lächeln, das sowohl charmant als auch herausfordernd war.

Bevor Estella antworten konnte, trat Lucien an ihre Seite. "Ein privater Raum wurde vorbereitet", sagte er leise. "Falls Sie das Gespräch fortsetzen möchten."

Emanuel hob eine Augenbraue, sein Blick wanderte zwischen Estella und Lucien. "Immer noch so organisiert, Estella. Das habe ich immer an dir bewundert."

Estella ignorierte den Kommentar und nickte Lucien zu. "Führe uns dorthin."

Als sie den Saal verließen, spürte Estella die Blicke der
Gäste auf sich. Doch sie kümmerte sich nicht darum.
Ihre Gedanken waren einzig auf das Gespräch
fokussiert, das sie mit Emanuel führen würde. Diesmal
würde sie Antworten bekommen – egal, zu welchem
Preis.


Während Estella und Emanuel von Lucien in den
vorbereiteten privaten Raum geführt wurden, ging
Delphine Marceau lässig durch die Menge, ein Glas
Champagner in der Hand. Ihre silbergrauen Haare
funkelten im Licht des Saals, und ihr glitzerndes Kleid
zog bewundernde Blicke auf sich. Sie hatte bereits
einige strategische Gespräche geführt und genoss es, die
Fäden in der Hand zu halten. Doch plötzlich erstarrte
sie, als ihre Augen auf Viktor Rosseau fielen, der am
Rand des Saals mit einer Gruppe Geschäftsleute sprach.
Sein gewohnt selbstbewusstes Lächeln und seine
theatralischen Gesten zeugten davon, dass er sich in
seinem Element fühlte.

Delphine hielt einen Moment inne, bevor sie auf ihn zuging. Ihre Schritte waren ruhig, doch ihre Haltung strahlte kalte Entschlossenheit aus. „Viktor", begann sie, ihre Stimme wie ein scharfes Messer, das durch die angespannte Luft schnitt. Die umstehenden Gäste, die Viktors charismatischer Ausstrahlung gefolgt waren, zogen sich diskret zurück, spürend, dass sie hier nichts zu suchen hatten.

Viktor drehte sich langsam zu ihr um, sein Lächeln wurde breiter. „Delphine Marceau. Ein unerwartetes Vergnügen."

„Vergnügen ist wohl das falsche Wort", erwiderte Delphine und stellte sich direkt vor ihn. „Es ist erstaunlich, wie du es immer wieder schaffst, dich an Orte zu schleichen, an denen du nicht willkommen bist."

Viktor zuckte mit den Schultern, seine Stimme triefte vor Arroganz. „Das ist der Unterschied zwischen uns, Delphine. Ich sehe Gelegenheiten, wo andere nur Hindernisse sehen."

Delphines Augen verengten sich. „Und deshalb hinterlässt du nichts als Chaos und Zerstörung. Du bist nicht hier, um Geschäfte zu machen, Viktor. Du bist hier, um etwas zu stehlen – wie immer."

Viktors Blick wurde hart, sein charmantes Lächeln verschwand. „Du hast keine Ahnung, was ich hier tue. Vielleicht solltest du dich besser aus Angelegenheiten heraushalten, die dich nichts angehen."

„Ich weiß genug, um zu erkennen, dass deine Anwesenheit nur Ärger bedeutet", zischte Delphine. „Wenn du denkst, dass du Estella oder jemanden hier manipulieren kannst, wirst du dich täuschen. Diesmal wirst du nicht so leicht davonkommen."

Viktor trat einen Schritt näher, seine Stimme wurde leise, aber gefährlich. „Pass auf, Delphine. Du spielst ein gefährliches Spiel."

Delphine begegnete seinem Blick ohne zu blinzeln, ihre Stimme blieb ruhig. „Gefährliche Spiele sind meine Spezialität. Aber sei gewarnt, Viktor: Ich habe mehr Verbündete hier, als du glaubst."

Ein Hauch von Spannung blieb in der Luft hängen, während Viktor schließlich mit einem scharfen Lachen abwandte und zurück in die Menge glitt. Delphine sah ihm nach, ihr Gesicht ausdruckslos, doch ihre Hände umklammerten ihr Glas fester als zuvor. Sie wusste, dass Viktor eine Bedrohung war, aber sie war entschlossen, ihm mit Estellas Hilfe das Handwerk zu legen – was auch immer er geplant hatte.

# KAPITEL 8: DAS BUCH DER GEHEIMNISSE

Der private Raum, den Lucien vorbereitet hatte, war ein moderner Konferenzraum mit deckenhohen Fenstern, die einen atemberaubenden Blick auf die nächtlich erleuchtete Skyline von São Paulo boten. Doch weder Estella noch Emanuel achteten darauf. Die Spannung im Raum war greifbar, als sie sich in der eleganten Leder-Garnitur gegenübersaßen. Lucien hatte sich diskret zurückgezogen, hielt jedoch im angrenzenden Flur Wache.

Emanuel lehnte sich entspannt zurück, sein Blick durchdringend und voller Amüsement. "Ich hätte wissen müssen, dass nur du eine Veranstaltung wie diese inszenieren würdest, um mich aus der Reserve zu locken."

"Es hat funktioniert, nicht wahr?" Estellas Stimme war kühl, doch ihre Augen verrieten die Emotionen, die unter der Oberfläche brodelten. "Ich brauche Antworten, Emanuel. Keine Spielchen. Wo warst du? Und warum hast du mich damals verlassen?"

Emanuel hielt ihren Blick, seine Miene wurde ernst. "Es war nicht so einfach, wie du vielleicht glaubst, Estella. Ich habe etwas entdeckt – etwas, das ich nicht ignorieren konnte." Er griff in die Innentasche seines Smokings und zog ein in Leder gebundenes Buch hervor. "In unserer gemeinsamen Nacht erreichte mich eine Nachricht von einem meiner Spürhunde, die mich so schnell verschwinden ließ", erklärte er: „Nach jahrelanger Suche hatte ich endlich eine Spur und fand an ihrem Ende dieses Buch. Es enthält Hinweise auf etwas, das weit größer ist als wir beide."

Estella musterte das Buch. Es war alt, das Leder abgewetzt, und es roch nach Geschichte und Geheimnis. Die Seiten schienen handgeschrieben, in einer Schrift, die sie auf den ersten Blick nicht entziffern konnte. "Was ist das?" fragte sie schließlich.


Emanuel öffnete das Buch und blätterte vorsichtig durch die Seiten. "Es ist eine Sammlung von

Aufzeichnungen, Karten und Codes, die von niemand Geringerem als Alexander von Humboldt stammen, dem Forschungsreisenden. Sie führen zu einem Heilmittel, das die indigenen Stämme der Kokoma kannten. Laut den Einträgen soll es die Fähigkeit haben, Krebs zu heilen. Als ich das Buch nun endlich erhielt, musste ich handeln. Es war zu gefährlich, dich hineinzuziehen."

"Zu gefährlich?" Estella lachte kalt. "Und stattdessen lässt du mich ohne ein Wort zurück? Das ist deine Erklärung?"

Emanuel seufzte. "Ich weiß, dass ich dir wehtat. Aber ich musste sicherstellen, dass du außer Gefahr bist, bevor ich mich auf diese Suche einließ. Viktor Rosseau und andere einflussreiche Gruppen haben ebenfalls von diesem Buch erfahren. Sie würden alles tun, um das Heilmittel in die Hände zu bekommen – und es für ihre eigenen Zwecke zu missbrauchen."

"Und jetzt?" Estella verschränkte die Arme. "Warum kommst du jetzt zurück?"

Emanuel sah sie an, und zum ersten Mal schien seine Fassade zu bröckeln. "Weil ich Hilfe brauche. Das, was ich gefunden habe, ist größer, als ich es allein bewältigen kann. Und weil ich dir vertraue – trotz allem."

Estella wollte ihm nicht glauben, doch etwas in seiner Stimme ließ sie innehalten. Sie griff nach dem Buch und schlug es auf. Die Seiten waren mit kryptischen Symbolen, Zeichnungen von Pflanzen und detaillierten Anweisungen gefüllt. "Was genau suchst du, Emanuel?"

"Es ist eine Pflanze", erklärte er. "Die Kokoma nannten sie "Yakumara". Humboldt beschrieb sie als die Krone der Heilkunst. Die Aufzeichnungen führen zu einem Ort tief im Amazonas, wo diese Pflanze noch wachsen soll. Aber wir müssen schnell sein."

Lucien trat in diesem Moment wieder ein, seine Schritte leise, aber bestimmt. "Emanuel hat recht", sagte er knapp. "Während wir hier sprechen, gibt es andere, die ebenfalls auf diese Pflanze aus sind. Und sie sind nicht gerade zimperlich."

Emanuel nickte. "Viktor Rosseau ist einer von ihnen. Er arbeitet mit einem Netzwerk, das keine Skrupel kennt. Wenn wir die Pflanze zuerst finden wollen, müssen wir zusammenarbeiten." Estella schloss das Buch und sah Emanuel direkt an. "Du erwartest, dass ich dir nach allem, was passiert ist, einfach vertraue und mit dir in den Dschungel ziehe, um nach einer Pflanze zu suchen?"

"Ich erwarte nichts", sagte Emanuel ruhig. "Aber ich hoffe, dass du bereit bist, das Risiko einzugehen. Denn ich glaube, dass wir zusammen eine Chance haben."


Estella war einen Moment lang still. Sie konnte nicht leugnen, dass die Aussicht auf ein solches Abenteuer sie reizte – und die Möglichkeit, Antworten zu erhalten, noch mehr. Schließlich nickte sie langsam. "In Ordnung. Aber ich werde die Bedingungen bestimmen." Lucien trat näher, ein Schatten von Besorgnis in seinem Gesicht. "Mylady, das ist gefährlich."

"Ich weiß", sagte Estella. "Aber manchmal ist Gefahr die einzige Möglichkeit, die Wahrheit zu finden."

Emanuel lächelte leicht. "Dann sollten wir uns vorbereiten. Der Dschungel wartet nicht."

# KAPITEL 9: MOTIVE IM VERBORGENEN

Die dichte Vegetation des Amazonas-Regenwalds umgab die Gruppe wie eine grüne Wand. Das Summen von Insekten, das Rufen von Vögeln und das Rascheln im Unterholz waren allgegenwärtig. Neben Estella, Emanuel und Lucien waren auch ein erfahrener Scout namens Tiago und zwei Träger, Mateo und Raul, Teil der Expedition. Tiago führte die Gruppe mit einer Machete, schnitt einen Weg durch das dichte Blattwerk und warnte vor möglichen Gefahren wie giftigen Tieren oder versteckten Gruben.

Estella marschierte direkt hinter Tiago, die Karte aus dem Buch in der einen Hand. Sie studierte die kryptischen Markierungen und versuchte, die Details zu entschlüsseln, während Emanuel dicht hinter ihr ging, gefolgt von den beiden Trägern. Lucien hielt die

hintere Position und sicherte die Gruppe ab, seine
Augen ständig wachsam.


"Du warst erstaunlich schnell bereit, mich in diese
Expedition hineinzuziehen", bemerkte Estella
schließlich, ohne sich umzudrehen. Ihre Stimme war
neutral, aber der Unterton war nicht zu überhören.
"Warum gerade jetzt, Emanuel? Ist es wirklich nur das
Heilmittel, oder steckt mehr dahinter?"


Emanuel schloss zu ihr auf, ein wissendes Lächeln auf
den Lippen. "Du bist eine Frau, die nicht zögert, Fragen
zu stellen. Aber nein, Estella, es gibt keinen versteckten
Plan. Dieses Heilmittel könnte Millionen von Leben
retten – vielleicht sogar deins, irgendwann."

Estella blieb stehen und drehte sich zu ihm um. Ihre
grünen Augen funkelten vor Entschlossenheit, die
Wahrheit herauszufinden. "Das glaube ich dir nicht
ganz. Du hattest nie einen Ruf als selbstloser Wohltäter.
Warum riskierst du dein Leben für eine Pflanze,
Emanuel? Was ist dein eigentlicher Grund?"

Emanuel atmete tief durch und trat einen Schritt näher. "Weil ich eine Schuld begleichen muss. Vor Jahren habe ich jemanden verloren, weil ich nicht rechtzeitig helfen konnte. Wenn ich dieses Heilmittel finde, kann ich vielleicht verhindern, dass andere denselben Verlust erleben."

Seine Stimme war ehrlich, und für einen Moment war Estella versucht, ihm zu glauben. Doch sie wusste, wie geschickt Emanuel darin war, seine Worte zu wählen. Sie ließ ihre Zweifel vorerst unausgesprochen und wandte sich wieder dem Weg zu.


Lucien, der das Gespräch mitgehört hatte, trat an ihre Seite, als Emanuel vorausging. "Mylady, ich habe ihn lange beobachtet. Er ist ein Mann mit Geheimnissen, aber sein Ziel scheint echt zu sein. Dennoch sollten wir vorsichtig sein."

Estella nickte langsam. "Ich weiß, Lucien. Aber wenn er uns betrügt, wird er den Preis dafür zahlen."

Nach Stunden des Marschierens blieb Tiago abrupt stehen und hob die Hand, um die Gruppe zu warnen. "Wir sind nahe", sagte er und deutete auf eine Öffnung im dichten Wald. Dahinter lag eine kleine Lichtung, in deren Zentrum eine Gruppe von Menschen um ein Feuer versammelt war, offenbar bei einer Pause von der Arbeit auf den kleinen Feldern, die bei näherem Hinsehen erkennbar wurden. Es waren die Kokoma, unverkennbar an ihrer traditionellen Kleidung und den komplexen Mustern aus Pflanzen- und Erdfarben, die ihre Gesichter schmückten.

Die Stimmung war angespannt, als die Gruppe nähertrat. Tiago sprach leise mit einem der Träger in der lokalen Sprache und näherte sich dann den Kokoma mit erhobenen Händen, um Frieden zu signalisieren. Eine ältere Frau, offenbar die Anführerin der Gruppe, trat vor und musterte die Fremden mit scharfen Augen.

Emanuel trat vor, das Buch in den Händen. "Wir sind hier, um Wissen zu suchen und zu lernen", sagte er respektvoll. Er zeigte das Buch, und die Augen der Frau weiteten sich leicht, als sie die alten Zeichnungen und

Texte erkannte. Sie sprach schnell mit einem jüngeren
Mann neben ihr, der dann etwas zögernd nickte.

Estella beobachtete die Szene genau. Es war klar, dass
der Stamm das kannte, was das Buch in den gut
erhaltenen und prachtvollen Skizzen von Humboldts
beschrieb, und vielleicht war das der einzige Grund,
warum sie noch nicht fortgejagt worden waren. Sie
spürte die Wucht der Geschichte, die sich in diesem
Moment entfaltete.

"Ich hoffe, sie akzeptieren uns", flüsterte sie zu Lucien.
"Das werden wir bald wissen", antwortete er leise, seine
Hand unauffällig nahe an seiner Tasche, in der er eine
kleine Waffe trug, falls die Situation eskalieren sollte.


Die alte Frau sprach schließlich, ihre Stimme fest und
melodisch. Tiago übersetzte: "Ihr seid hier willkommen,
solange ihr Respekt zeigt. Aber eure Reise wird
gefährlich sein. Ihr sucht etwas, das andere bereits zu
zerstören versuchen."

Emanuel nickte. "Das wissen wir. Aber wir sind bereit, alles zu tun, um es zu schützen." Die Frau musterte ihn lange, bevor sie sich abwandte und ins Innere des Dorfes ging. "Folgt mir", übersetzte Tiago. "Sie wird entscheiden, ob ihr würdig seid, das Wissen der Kokoma zu erfahren."

Mit einem kurzen Blick zwischen sich und Lucien folgte Estella der Frau, während die Gruppe in das Herz des nahgelegenen Kokoma-Dorfes geführt wurde.

# KAPITEL 10: BEGEGNUNG MIT DEM MEDIZINMANN

Das Herz des Kokoma-Dorfes war ein Ort voller Leben: Kinder liefen lachend umher, während die Erwachsenen in scheinbar endlosen Mustern von Tätigkeiten versunken waren – von der Zubereitung von Speisen über das Flechten von Körben bis hin kleinen Runden ums Feuer, die in Gesprächen und Handarbeiten versunken waren. Doch inmitten dieser lebendigen Atmosphäre lag eine spürbare Spannung. Die Fremden wurden beobachtet, ihre Bewegungen verfolgt, und der Respekt der Kokoma musste erst verdient werden.

Die ältere Frau führte Estella und ihre Gruppe zu einer großen Hütte aus Palmwedeln und Holz, die am Rande eines kleinen Flusses lag. Dort wartete bereits ein Mann mittleren Alters, dessen Körper mit komplexen Tätowierungen bedeckt war: Male, die Geschichten von

Wissen und Macht erzählten. Seine Augen waren dunkel und durchdringend, und er hielt einen langen Stab aus geschnitztem Holz in der Hand – ein Symbol seiner Autorität.

"Das ist Aritana, der Medizinmann des Stammes“, erklärte Tiago leise. "Er ist das Herz und die Seele der Kokoma. Wenn jemand euch helfen kann, dann er."

Aritana musterte die Gruppe schweigend, bevor er das Buch in Emanuels Händen bemerkte. Er deutete darauf, nahm es in die Hand, blättere darin und sprach mit tiefer, ruhiger Stimme. Tiago übersetzte: "Dieses Buch enthält das Wissen der Alten. Warum bringt ihr es zurück?"

Emanuel trat vor und hielt das Buch respektvoll in beiden Händen. "Wir suchen die Yakumara. Wir wissen, dass sie Leben retten kann. Wir wollen lernen, wie sie verwendet wird – und sie schützen, bevor andere sie zerstören."

Aritana schien seine Worte abzuwägen. Schließlich sprach er erneut, seine Stimme nun schärfer. "Viele haben nach der Yakumara gesucht, aber wenige haben sie gefunden. Und diejenigen, die es taten, brachten nur Zerstörung. Warum sollte ich euch trauen?"

Estella trat vor, ihre Haltung ebenso fest wie ihre Stimme. "Weil wir nicht hier sind, um zu nehmen. Wir sind hier, um zu verstehen. Dieses Heilmittel könnte unzähligen Menschen helfen. Aber wir wissen auch, dass es heilig ist. Wenn wir etwas nehmen, dann nur mit eurem Segen."

Tiago übersetzte und ein leises Raunen ging durch die Umstehenden. Aritanas Augen verengten sich leicht, als er Estella musterte. Schließlich nickte er. "Ihr müsst euer Wort beweisen", sagte er, und Tiago übersetzte. "Die Yakumara wächst tief im Dschungel, wo die Geister wachen. Doch bevor ihr dorthin gehen könnt, müsst ihr unser Vertrauen gewinnen. Ihr werdet eine Prüfung ablegen."

Lucien blickte zu Estella, seine Augen voller Besorgnis. "Das klingt nicht nach einer einfachen Aufgabe."

"Das war es nie", entgegnete Estella leise, bevor sie Aritana wieder ansah. "Wir werden tun, was nötig ist."

Der Medizinmann nickte erneut und deutete auf das Feuer in der Mitte des Dorfes. "Die Prüfung beginnt morgen bei Sonnenaufgang. Ruht euch aus. Ihr werdet Kraft brauchen."

# KAPITEL 11: DIE PRÜFUNG DER GEISTER

Der nächste Morgen dämmerte mit einem dichten Nebel, der das Dorf der Kokoma in eine beinahe übernatürliche Atmosphäre tauchte. Das leise Summen der Insekten und die fernen Schreie der Vögel schufen eine Klanglandschaft, die sowohl beruhigend als auch unheimlich war. Vor der großen Feuerstelle des Dorfes hatte sich eine Gruppe Kokoma versammelt, angeführt von Aritana und der älteren Frau, deren Haltung Stärke und Weisheit ausstrahlte. Die übrigen Kokoma waren weniger gelassen – in ihren Blicken und Gesichtern zeigte sich Unruhe: Sie waren keineswegs davon begeistert, dass Fremden die Ehre dieser Prüfung zuteil wurde.

Aritana, der Medizinmann, trat vor. Seine Tätowierungen schienen im Licht des Morgens zu leuchten, und seine Augen wirkten, als könnten sie die Seele eines jeden durchdringen. Sein trotz seines Alters noch muskulöser Oberkörper war bedeckt von Mustern, die die Geister und Elemente symbolisierten, und die Federn an seinem Stab bewegten sich leicht im Wind, als ob sie lebendig wären.

"Die Geister haben uns den Weg gezeigt", begann er mit einer Stimme, die trotz ihrer Ruhe Macht ausstrahlte. Tiago übersetzte leise. "Ihr werdet nun eintreten in das Reich der Träume. Die Yakumara zeigt sich nur denen, die ihre Seele beweisen. Dieses Ritual wird euch auf die Probe stellen – als Einzelne und als Verbündete."


Estella und Emanuel warfen sich einen Blick zu. Trotz der wachsenden Spannung in ihrem Inneren bewahrten beide eine Haltung der Entschlossenheit. Die ältere Frau, deren Gesicht tiefe Linien von Stärke und Erfahrung zeigte, sprach leise zu den beunruhigten Umstehenden. "Die Geister haben ihre Anwesenheit zugelassen. Wir dürfen nicht eigennützig sein, solange die Geister ihnen gewogen sind." Ein leises Raunen ging durch die Versammlung, und die Stimmung wurde etwas ruhiger.

Aritana deutete auf eine Schale aus geschnitztem Holz, gefüllt mit einer dunklen, dickflüssigen Substanz. "Trinkt, und die Geister werden euch führen."

Ohne zu zögern trat Emanuel vor, nahm die Schale und trank einen großen Schluck. Sein Gesicht verzog sich leicht unter dem bitteren Geschmack, doch er zeigte keine Schwäche. Estella folgte ihm und nahm die Schale mit beiden Händen. Der Geruch war erdig, beinahe wie feuchte Blätter nach einem Regenschauer. Sie trank, und die Flüssigkeit hinterließ einen brennenden Nachgeschmack in ihrem Rachen.

Kaum hatten sie getrunken, spürten sie schon nach wenigen Augenblicken, wie ihre Wahrnehmung sich veränderte. Die Farben um sie herum wurden intensiver, die Geräusche des Waldes schienen plötzlich lauter und doch entfernt. Aritana sprach weiter, doch seine Worte wurden zu einem Flüstern, das sich in alle Richtungen ausdehnte. Estella fühlte, wie ihr Körper schwer wurde, ihre Beine nachgaben, und sie fiel sanft auf den Boden. Neben ihr sank auch Emanuel zu

Boden, ihre Hände berührten sich flüchtig, bevor alles um sie herum verschwand.


Als Estella ihre Augen öffnete, befand sie sich nicht mehr im Dorf: Sie stand völlig nackt und warm umhüllt von einem sanften Wind in einer endlosen Landschaft aus goldenem Licht, das sich in sanften Wellen bewegte wie ein lebendiger Ozean. Neben ihr tauchte Emanuel auf, ebenso nackt wie sie selbst, doch weder Scham noch Unsicherheit störten die Klarheit des Moments. Die Luft war warm und trug den Duft von Blüten, die sie nicht benennen konnte. Emanuel trat näher, seine Haut glänzte im Licht, und die Ruhe in seinem Blick strahlte etwas Vertrautes aus. Unwillkürlich besann sich Estella wieder der vielen Details, die sie in jener Nacht an seinem fast makellosen, muskulösen Körper entdeckt hatte. Auch die kleine Narbe links unterhalb seines Nabels, die sie seinerzeit im Blick behalten hatte, während ihre Lippen … sie rief sich selbst zur Ordnung und besann sich ihrer Prüfung: "Wo sind wir?" fragte Estella, doch ihre Stimme klang anders – stärker, fast melodisch.

Emanuel sah sich um. "Es ist die Traumwelt der Geister", sagte er leise. "Ich habe von solchen Ritualen gehört, aber das ist ... anders." Seine Worte verblassten, als plötzlich Bilder um sie herum auftauchten.

Wieder zeigte sich die Nacht, die sie einst miteinander verbracht hatten – diesmal in einer Form, die sie beide umfing und in die betörenden Emotionen dieser unvergesslichen Stunden zurück katapultierte. Die Leidenschaft, die Nähe – alles war so lebendig, als würden sie es erneut erleben. Estella spürte die Hitze, die von seiner Berührung ausging, die elektrisierende Spannung, die ihre Körper vereinte. Doch als sie schon begann, wie damals völlig in Ekstase zu geraten, veränderte sich das Bild: Die Wärme verschwand, und sie sahen die Dunkelheit, die für sie danach gekommen war. Estella spürte erneut die Kälte der Einsamkeit, die sie empfunden hatte, als Emanuel wortlos gegangen war.

Emanuel griff nach ihrer Hand. "Es tut mir leid", flüsterte er, seine Augen voller Reue. Estella spürte, wie sie Verlangen und Verzeihen durchströmte, wollte antworten, doch die Szene zerbrach plötzlich in schimmernde Fragmente, die wie Sterne in alle Richtungen verstreut wurden.

Als sich deren Fragmente nach kurzer Verwirrung neu ordneten, zeigten sie den Dschungel - doch nicht so, wie sie ihn erlebt hatten. Er war wilder, gefährlicher, die Pflanzen schienen sich zu bewegen, und die Schatten in den Bäumen hatten eine bedrohliche Präsenz. Sie sahen sich selbst, wie sie sich durch die dichte Vegetation kämpften. Leuchtende Augen blitzten im Dunkel des Unterholzes auf, und eines dieser Augenpaare manifestierte sich zu einer Kreatur – halb Tier, halb Schatten – die urplötzlich auf Emanuel zusprang. Estella schrie auf, doch sie war wie gelähmt.

Emanuel stürzte, die Kreatur über ihm. Doch Estella spürte eine Kraft in sich aufsteigen. Ohne zu wissen, wie, trat sie vor, ihre nackte Haut strahlte im goldenen Licht, und sie berührte die Kreatur, ganz sanft, aber bestimmt. Sie löste sich auf, ein Schwall aus Licht, der Emanuel wieder auf die Beine brachte.

Dankbar umschlang er seine Gefährtin, die nun erneut seine prickelnde Haut auf der ihren spürte und sich mehr als zuvor nach ihm verzehrte. "Wir müssen zusammenarbeiten", sagte er, seine Stimme klar und ruhig. "Sonst schaffen wir es nicht."

Estella löste sich von ihm, brauchte dafür jedoch unendlich viel ihrer Willenskraft. Sie blickte ihm tief in die Augen und nickte, und gemeinsam wandten sie sich wieder ihrem Weg durch den Dschungel zu. Der führte sie tiefer in die Traumwelt, die nun freundlicher schien, geradezu begrüßend die beiden Wesen auf ihrer Mission für das Gute durch blühende Gärten unter dem Baldachin aus Blättern und durchbrechenden Sonnenstrahlen gleiten ließ. Nach einem berauschenden Streifzug erreichten sie schließlich eine Stelle, wo das Unterholz zurückwich und sie endlich auf die Yakumara stießen – eine strahlende, pulsierende Pflanze, eingebettet in einen Kranz glänzend-fleischiger Blätter und mit einem eindrucksvollen Stiel, auf der eine einzelne, satt duftende Blüte thronte, umgeben von einem wirbelnden Licht.

Doch bevor sie sie berühren konnten, erschien eine dunkle Gestalt. Es war Viktor Rosseau, oder vielmehr ein verzerrtes Abbild von ihm, mit brennenden Augen und einer dämonischen Gestalt. Sein Körper schien aus flüssiger Dunkelheit zu bestehen, und seine Stimme war ein donnerndes Echo. "Ihr seid nicht würdig!" tobte die Gestalt und schleuderte Schatten auf sie. Die Dunkelheit umhüllte sie wie kalter Rauch, und Estella spürte die Beklemmung, die von Viktor ausging.

Doch diesmal waren Estella und Emanuel bereit: Hand in Hand, ihre Finger ineinander verschlungen, hielten sie dem Angriff stand, ihre Entschlossenheit schien die Schatten zu zerstreuen, das Blätterdach zu öffnen und ein heller Lichtstrahl durchdrang die Dunkelheit. Viktor schrie auf, und seine Gestalt löste sich auf.

Die Yakumara schien nun noch heller zu leuchten, als wollte sie ihnen danken. Die Pflanze pulsierte in einem rhythmischen Takt, und Estella spürte, wie eine tiefe Verbindung zwischen ihr und Emanuel entstand – eine Verbindung, die über Worte hinausging.

Als sie ihre Augen öffneten, waren sie zurück im Dorf. Ihre Körper waren schweißbedeckt, doch sie fühlten sich gestärkt. Aritana stand über ihnen, ein sanftes Lächeln auf seinen Lippen. "Die Geister haben euch geprüft", sagte er. "Ihr habt bestanden. Ihr seid würdig, den Weg zur Yakumara zu gehen."

# KAPITEL 12: AUF DER SUCHE NACH DER YAKUMARA

Die Sonne stand hoch über dem dichten Blätterdach des Amazonas, als Estella, Emanuel und ihre Begleiter das Dorf der Kokoma verließen. Neben dem erfahrenen Scout Tiago begleiteten sie nun auch zwei junge Stammeskrieger, Naru und Iko, deren geschmeidige Bewegungen im Unterholz die eines Jaguars nachahmten. Beide waren mit traditionellen Speeren und Messern bewaffnet und zeigten keinerlei Scheu vor den Gefahren des Dschungels. Ihre Aufgabe war es, die Fremden zu schützen und sie sicher zur Yakumara zu führen.

Naru war der älteste der beiden, seine schlanke, drahtige Gestalt war voller Energie, und seine ruhigen, beobachtenden Augen ließen erahnen, dass er mehr sah, als er zeigte. Iko hingegen, etwas jünger, war ungestümer. Sein breites Lächeln und die Begeisterung für Geschichten machten ihn zu einem unverkennbaren Charakter. Beide hatten während ihrer gemeinsamen Zeit mit den Kokoma von Tiago und anderen Fremden ein wenig die Sprache der Außenwelt gelernt – gerade genug, um mit Estella und Emanuel einfache Sätze zu tauschen. Dies schien zunächst seltsam, doch die Notwendigkeit, mit Expeditionen zu kommunizieren, hatte ihre sprachlichen Fähigkeiten geschärft.

Aritana hatte sie mit einer Warnung verabschiedet: "Die Yakumara ist nah, doch der Weg zu ihr ist voller Gefahren. Andere suchen sie auch, und ihre Herzen sind nicht rein."

Der Dschungel war lebendig – das Summen von Insekten, das Rufen von Vögeln und das gelegentliche Rascheln im Unterholz waren allgegenwärtig. Estella hielt das Buch von Humboldt fest umklammert, während Emanuel ihr dicht auf den Fersen folgte. Trotz der drückenden Hitze spürte sie eine kühle Anspannung zwischen ihnen. Ihre Gedanken schweiften immer wieder zu der Vision von Viktor Rosseau, die sie in der Traumwelt erlebt hatten. Was, wenn er wirklich hier war?

"Wir sollten uns beeilen", sagte Tiago, während er mit der Machete einen schmalen Pfad durch die Vegetation schnitt. "Das Gebiet vor uns ist unberechenbar. Die Flussläufe verändern sich ständig, und ich habe Gerüchte über fremde Gruppen gehört, die hier unterwegs sind."

Nach Stunden des Marschierens durch immer dichter werdenden Wald erreichten sie eine kleine Lichtung. Die Luft war schwer und roch nach feuchter Erde und blühenden Pflanzen. Naru blieb abrupt stehen und hob die Hand. "Etwas ist nicht richtig", sagte er leise, seine Augen fixierten das Unterholz.

Plötzlich hörten sie ein Klicken – das unverkennbare Geräusch einer Waffe, die entsichert wurde. Bevor jemand reagieren konnte, traten mehrere bewaffnete Männer aus den Schatten, ihre Gesichter mit Tüchern verhüllt. Sie trugen moderne Sturmgewehre und wirkten wie eine gut organisierte Söldnertruppe.

Ein Mann trat vor, größer und imposanter als die anderen. Seine Augen waren kalt, und ein grimmiges Lächeln spielte um seine Lippen. Es war Viktor Rosseau persönlich. "Nun, wen haben wir denn hier?" sagte er mit gespielter Freundlichkeit. "Estella und Emanuel, die unermüdlichen Entdecker. Ihr seid weit von zu Hause entfernt."

Estella ballte die Hände zu Fäusten. "Viktor", sagte sie mit kühler Stimme. "Was suchst du hier? Das ist kein Ort für jemanden wie dich."

"Oh, ich denke, das ist genau der richtige Ort für jemanden wie mich", erwiderte Viktor. "Die Yakumara ist ein Geschenk, das die Welt verändern könnte – aber nur für diejenigen, die wissen, wie man sie nutzt. Und ich fürchte, ihr seid nicht in der Lage, diese Verantwortung zu tragen."

Emanuel trat vor. "Du wirst die Yakumara nicht bekommen. Sie gehört weder dir noch uns. Sie gehört den Kokoma."

Viktor lachte, ein kaltes, durchdringendes Geräusch. "Wie nobel von dir. Aber ich bezweifle, dass die Geister, von denen die Kokoma so viel sprechen, sich einmischen werden, wenn ihr hier scheitert."

Mit einer schnellen Bewegung gab Viktor ein Zeichen, und seine Männer richteten ihre Waffen auf die Gruppe. Naru und Iko hoben langsam die Hände, ihre Speere wirkungslos gegen die Gewehre. Auch Tiago wurde seiner Machete beraubt und an einen Baum gefesselt.

"Bindet sie", befahl Viktor. "Und nehmt einen der Eingeborenen mit. Er wird uns den Weg zeigen. Wir brauchen das Buch nicht, solange wir jemanden haben, der sich auskennt."

Naru wurde aus der Gruppe gerissen, und Iko rief ihm etwas auf Kokoma zu, ein Versprechen, dass sie ihn retten würden. Viktor grinste nur, während seine Männer die Vorräte durchsuchten und die Gefangenen

fesselten. Nach wenigen Minuten rückte die Gruppe ab
und ließ die vier Gefesselten zurück.

Die Stille, die folgte, war erdrückend. Estella zerrte an
den Seilen, die ihre Handgelenke einschnürten, doch sie
waren zu fest gebunden. "Das kann nicht das Ende
sein", murmelte sie, ihre Stimme bebend vor
Frustration.

Emanuel sah sie an, seine Augen voller
Entschlossenheit. "Das ist es auch nicht", sagte er. "Wir
kommen hier raus, und wir holen Naru zurück." Iko,
der einige Meter entfernt ebenfalls gefesselt war,
begann, sich in einer nahezu unmöglichen Verrenkung
an einem scharfen Stein zu reiben, der aus dem Boden
ragte. "Bleibt ruhig", flüsterte er. "Ich bekomme das
hin."


Die Minuten vergingen quälend langsam, doch
schließlich hörte Estella das erleichternde Geräusch
reißender Seile. Iko hatte sich befreit und begann, leise
und geschickt die anderen zu lösen.

„Wir müssen uns beeilen", sagte Tiago, der ebenfalls befreit worden war. „Wenn wir ihnen folgen, haben wir eine Chance, Naru zu retten – und die Yakumara vor ihnen zu finden."

Estella nickte, ihre Wut gab ihr neue Energie. "Dann verlieren wir keine Zeit. Die Geister haben uns geprüft, und sie haben uns nicht im Stich gelassen. Jetzt liegt es an uns, den nächsten Schritt zu machen, und das am besten, bevor es dunkel wird."

Die Verfolgung war anstrengend und erforderte die volle Aufmerksamkeit der Gruppe. Doch sie hatten Glück: Nach nur zwei Stunden stießen sie auf das Lager der Söldner, das seltsam ruhig auf einer Lichtung lag. Viktor und seine Männer hatten offenbar ihren vermeintlichen Sieg gefeiert – leere Alkoholflaschen lagen verstreut, und selbst die Wachen waren eingeschlafen. Lediglich Naru war wach und saß gefesselt neben einem Feuer: Seine Augen funkelten vor unterdrücktem Zorn, doch er wirkte unverletzt. Estella legte Tiago eine Hand auf die Schulter. "Das ist unsere Chance", flüsterte sie. "Wir müssen schnell sein."

Iko nickte und zog aus einem Beutel mehrere kleine, mit
einem dunklen Harz bestrichene Pfeile hervor.
"Giftpfeile. Sehr stark. Wir müssen nur treffen."

Die Gruppe schlich sich näher, und in einer perfekt
koordinierten Aktion betäubten sie die alkoholisierten
Wachen und schließlich die gesamte Söldnergruppe,
einschließlich Viktor. Die Männer fielen lautlos zu
Boden, nunmehr durchaus wach, aber ihre Muskeln
gelähmt, während ihre Augen panisch umherblickten.

Estella und Emanuel befreiten gemeinsam Naru, der
sich vor Erleichterung auf die Knie sinken ließ.
"Danke", flüsterte er, bevor er aufstand und sich die
schmerzenden Gelenke an Händen und Füßen rieb. "Ich
werde zurück ins Dorf gehen und den anderen Bescheid
sagen. Wir brauchen mehr Krieger, um sie sicher
festzuhalten. Auch wenn diese Männer mindestens
zwei Tage außer Gefecht sein werden. Unsere Pfeile
sind stark."

"Sei vorsichtig", sagte Iko, während er Naru auf die
Schulter klopfte. "Wir sehen uns bald."

Naru verschwand lautlos in der Dunkelheit des
Dschungels, nicht ohne vorher einigen seiner Entführer
noch einen Tritt zu verpassen. Die Gruppe bereitete sich
darauf vor, ihre Mission fortzusetzen. Estella sah zu
Emanuel. "Jetzt liegt es an uns. Wir müssen die
Yakumara finden." Emanuel nickte, und mit einer
neuen Entschlossenheit tauchten sie tiefer in den
Dschungel ein, bereit, das Geheimnis der Pflanze
endlich zu entschlüsseln.

# KAPITEL 13: NÄCHTE IM DSCHUNGEL

Nach den zahllos scheinenden Stunden der Anstrengung und der erfolgreichen Befreiungsaktion hatte die Gruppe tiefer in den Dschungel gefunden. Wie aus dem Nichts waren sie dann plötzlich da: gewaltige Quader und einst prachtvolle Statuen, die inzwischen fast völlig überwachsen waren. Die Überreste eines alten Kokoma-Tempels lagen vor ihnen – massive, von Moos und Lianen überwucherte Steinblöcke, die Plateaus und Räume formten. Die Natur hatte Teile der Struktur zurückerobert, doch die schiere Größe und Komplexität des Baus sprachen von einer vergangenen Ära voller Geheimnisse und Bedeutung.

"Wir sollten hier lagern", schlug Tiago vor, als er einen sicheren Bereich innerhalb der Ruine fand. "Die Mauern bieten Schutz, und wir können uns hier ausruhen, ohne befürchten zu müssen, entdeckt zu werden."

Iko und Tiago begannen, das Lager herzurichten. Sie errichteten kleine Verteidigungen aus Ästen und Dornen gegen ungebetene Gäste und entzündeten ein Feuer, das die Schatten der alten Steine zum Tanzen brachte. Estella und Emanuel erkundeten gemeinsam die Struktur. Ihre Hände strichen über die kühlen, glatten Steine, und sie spürten die Geschichte, die in diesen Mauern lebte. "Stell dir vor, wie es hier einst war", sagte Estella leise, ihre Stimme voller Ehrfurcht. "Ein Ort der Rituale, des Lebens – jetzt nur noch eine Erinnerung." Emanuel nickte. "Vielleicht finden wir morgen mehr. Aber jetzt brauchen wir Ruhe."

Als die anderen schließlich schliefen, saßen Estella und Emanuel noch wach am Feuer. Die flackernden Flammen warfen weiche Schatten auf ihre Gesichter, und die Luft zwischen ihnen war von unausgesprochenen Gefühlen erfüllt. Estella starrte in die Glut und brach schließlich das Schweigen. "Es fühlt sich an, als ob wir in einem endlosen Kreis laufen. Und doch ... habe ich seit Jahren nicht mehr so viel Hoffnung gespürt." Beide wussten, dass Estella keineswegs ihren mühsamen Weg durch den Dschungel meinte, sondern etwas völlig andere.: Emanuel sah sie an, seine Augen suchend. "Vielleicht, weil wir endlich kämpfen – nicht nur für uns, sondern für etwas Größeres."

Seine Worte brachten in Estella etwas zum Schwingen. Sie sah ihn an, und plötzlich war der Abstand zwischen ihnen nicht mehr zu ertragen. Ohne zu überlegen, griff sie nach seiner Hand und zog ihn in einen der Räume der Ruine, dessen Dach längst verschwunden war. Über ihnen spannte sich ein Himmel voller Sterne, deren Licht die Steine und ihre ungeduldig und sich nach Berührungen sehnende Haut in ein sanftes Glimmen tauchte.

Dort, umgeben von den Relikten einer vergangenen Welt und überstrahlt von Millionen Sternen, fanden sie zueinander. Emanuel streifte eine lose Haarsträhne aus Estellas Gesicht, bevor er sie küsste, zuerst sanft, dann mit wachsender Intensität, während seine Hände erneut ihren schlanken, glühenden Körper erforschten. Die Spannung und das Verlangen, das sich zwischen ihnen aufgestaut hatte, entlud sich in einer Welle von Leidenschaft. Ihre Körper verschmolzen hemmungslos, während die Sterne über ihnen still Zeugnis ihres Moments ablegten.


Die alte Ruine wurde zu ihrem Schutzraum, während sie einander förmlich verschlangen, jede Berührung tiefer als tausend Worte. Estella fühlte sich trotz der überstandenen Strapazen so lebendig wie nie zuvor, ihr Atem wurde eins mit dem Rhythmus des Dschungels, der sie umgab, mit dem Takt ihrer Körper, die sich ineinander verwoben. Zeit und Raum schienen sich aufzulösen, und nur die Verbindung zwischen ihnen zählte.


Die ersten Strahlen der Morgensonne brachen durch das dichte Blätterdach, als Estella und Emanuel Seite an Seite erwachten. Die Wärme der Nacht und die Intensität ihrer Nähe lagen noch immer auf ihnen. Der Dschungel begann wieder zum Leben zu erwachen, und das Summen und Zwitschern kündigte einen neuen Tag an. Sie wechselten einen Blick, noch immer erfüllt von der Verschmelzung der Nacht – doch beide wussten, dass sie sich keinen Moment länger ausruhen konnten.

Tiago und Iko waren bereits wach und bereiteten sich auf den Aufbruch vor. "Wir sind ganz nah", sagte Tiago, seine Stimme voller Zuversicht. "Wenn wir uns beeilen, könnten wir die Yakumara noch vor Sonnenuntergang finden."

Estella nickte, seine Zuversicht bekräftigend. "Dann lassen wir keine Zeit verlieren. Wir sind nahe."


Die Gruppe brach nun in bester Stimmung auf, erneut in den dichten Dschungel eintauchend, wo jeder Schritt sie näher an die legendäre Pflanze brachte. Die Luft war schwer von Feuchtigkeit und Erwartung – die Yakumara war zum Greifen nah, und jeder wusste, dass die größte Herausforderung noch bevorstand.

# KAPITEL 14: DIE PRÜFUNG DER YAKUMARA

Die Hitze des Tages war drückend, und das Summen der Insekten wurde lauter, je tiefer die Gruppe in den Dschungel vordrang. Jeder Schritt war mühsam, doch sie spürten, dass sie dem Ziel nahe waren. Erst gegen Abend ließ die Last der Schwüle etwas nach. Und auch der Dschungel veränderte sich – der Boden wurde weicher, und der dichte Pflanzenbewuchs wich einer Lichtung, in deren Mitte ein strahlendes Grün aufblühte.

"Da ist sie", flüsterte Iko, seine Stimme voller Ehrfurcht. Vor ihnen erhob sich die Yakumara – eine Pflanze von unvergleichlicher Schönheit. Ihre Blätter schimmerten in einem metallischen Grün, und ihre Blüte pulsierte in sanftem Licht, als ob sie lebendig wäre. Ein feiner, süßlicher Duft erfüllte die Luft, und Estella spürte eine seltsame Mischung aus Ehrfurcht und Triumph.

Tiago trat näher, doch Naru hielt ihn zurück. "Die Geister prüfen jeden, der die Yakumara berührt", sagte er. Seine Augen ruhten auf Estella und Emanuel. "Es ist eure Aufgabe. Wir werden wachen."

Estella tauschte einen Blick mit Emanuel. Gemeinsam traten sie vor, ihre Schritte vorsichtig und respektvoll. Doch bevor sie die Pflanze erreichten, veränderte sich die Atmosphäre. Die Luft wurde schwer, und die Geräusche des Dschungels verstummten abrupt. Ein kühler Wind durchfuhr die dämmerig werdende Lichtung, und Schatten begannen sich um die Yakumara zu bewegen. "Was passiert hier?" fragte Emanuel, seine Stimme leise, aber angespannt.

Plötzlich tauchten Nebel auf, die schließlich seltsame Gestalten zu bilden schienen, schemenhaft und doch bedrohlich. Es waren keine Menschen, sondern Erscheinungen aus Rauch und Schatten, die sich vor Estella und Emanuel aufbauten. Ihre Gesichter waren leer, und doch schienen sie die Eindringlinge zu fixieren.

"Die Geister", flüsterte Iko ehrfürchtig. "Sie prüfen eure Absichten."

Eine der Erscheinungen näherte sich dem Paar, ihre Gestalt diffus, doch groß und einschüchternd. Sie sprach nicht, doch ihre Präsenz schien eine Frage zu stellen – eine Frage, die tief in die Herzen von Estella und Emanuel griff. Estella spürte, wie ihre Zweifel und Ängste an die Oberfläche drängten. War sie wirklich würdig? War ihr Wunsch, die Yakumara zu finden, rein?

Emanuel schien genau das Gleiche zu fühlen, er ergriff ihre Hand, seine Stimme fest. "Wir suchen die Pflanze nicht für uns selbst. Sie kann Leben retten, Hoffnung bringen. Unsere Absichten sind rein."


Die Geister schienen für einen Moment innezuhalten, als ob sie die Worte abwogen. Doch dann begann der Schatten, sich zu bewegen, und eine zweite Prüfung folgte. Vor Estella und Emanuel fielen in eine Trance, es tauchten Visionen auf – Visionen von Versuchung, von Macht und von Verlust. Sie sahen sich selbst, wie sie die Yakumara nutzen konnten, um Ruhm und Reichtum zu erlangen, doch sie sahen auch, wie diese Macht sie zerstören konnte.

Estella spürte, wie die Versuchung sie zu überwältigen drohte. Bilder von Ruhm und unermesslichem

Reichtum flackerten vor ihrem inneren Auge auf, doch sie schob sie beiseite. Ihr Fühlen wanderte zurück zur vergangenen Nacht unter dem Sternenhimmel. Die Liebe und Nähe, die sie mit Emanuel geteilt hatte, fühlten sich bedeutender und erfüllender an als jede materielle Errungenschaft. In diesem Moment wurde ihr klar, dass sie bereits alles hatte, was sie sich je wünschen könnte.

Sie atmete tief durch und sprach: "Die Yakumara gehört niemandem. Sie ist ein Geschenk, das mit Respekt behandelt werden muss. Wir suchen sie, um sie zu schützen und ihr Wissen zu teilen – nicht, um sie auszubeuten. Ich brauche keine Macht oder Reichtümer. Ich bin jetzt reicher, als ich es mir je hätte vorstellen können."

Emanuels Hand drückte wie zur Bestätigung die ihre fester, und gemeinsam traten sie einen Schritt vor. Die Schatten zogen sich zurück, und das Licht der Yakumara wurde intensiver. Die Geister schienen zufrieden, sie verblassten und ein Gefühl von Frieden erfüllte die Lichtung.


Estella kniete sich nun vor die Pflanze und berührte behutsam eines ihrer Blätter. Die Pflanze reagierte sofort, ihre Blüte öffnete sich weiter und gab eine kleine Menge eines goldenen Harzes frei. Emanuel reichte eine kleine, sorgfältig vorbereitete Phiole, und Estella ließ das Harz vorsichtig hineinfließen. "Das ist alles, was wir brauchen", sagte sie leise. "Mehr zu nehmen wäre falsch."

## KAPITEL 15: DIE RACHE DER GEISTER

Der Rückweg zum Kokoma-Dorf war lang und beschwerlich, doch die Gruppe wurde von einer unsichtbaren Kraft getragen. Es waren nicht nur ihre Entschlossenheit und das Wissen um die Bedeutung der Yakumara, die sie antrieben – die Geister selbst schienen über ihnen zu wachen. Der Weg erstreckte sich über eineinhalb Tage durch dichten Dschungel, und jede Stunde brachte neue Herausforderungen.

Denn der Regenwald zeigte seine raueste Seite: glitschige Böden, undurchdringliches Dickicht und Flussläufe, die plötzlich auftauchten und sie zwangen, ihre Route anzupassen. Doch Estella bemerkte auch, wie die Vegetation oft wie von selbst nachgab, als ob der Wald selbst sie führen wollte. Sie mussten sich den Weg nicht mehr freischneiden, er ergab sich von selbst, wie Naru verwundert erklärte. Sie kamen dann auch gut voran, die Nacht verbrachten sie in einer geschützten Lichtung.

Als sie am Nachmittag des zweiten Tages endlich die vertrauten Umrisse der ersten Hütten des Kokoma-Dorfs erblickten, blieb Naru abrupt stehen. Seine Augen weiteten sich vor Entsetzen, und auch die anderen spürten sofort, dass etwas nicht stimmte. Und richtig: Das Dorf, das zuvor von Leben und Gemeinschaft erfüllt gewesen war, lag nun in beklemmender Stille. Als die Gruppe sich dem Kern des Dorfs näherte, verstanden sie, was passiert war: Offenbar war die Gefangennahme der Söldner mit ihrem schurkischen Anführer fehlgeschlagen. Die Bewohner waren zusammengedrängt und von den bewaffneten Söldnern bewacht, die ihre Waffen bedrohlich präsentierten. In ihrer Mitte stand Viktor Rosseau, sein gewohnt zynisches Lächeln auf den Lippen.

"Ah, ihr seid zurück", sagte Viktor mit einem spöttischen Unterton, als er die Gruppe erblickte. "Und ihr habt genau das dabei, wonach ich gesucht habe."

Estella spürte, wie ihr Herz schneller schlug. Sie umklammerte die Phiole mit dem goldenen Harz der Yakumara, als könnte sie sie damit vor Viktor schützen. Emanuel trat schützend vor sie. "Lass die Kokoma gehen, Viktor. Das hier hat nichts mit ihnen zu tun."

"Oh, aber das hat es", entgegnete Viktor. "Die Pflanze gehört zu ihrem Land, also ist es nur angemessen, dass sie Zeugen davon sind, wie ihre Kräfte in den Händen eines wahren Visionärs genutzt werden." Er hob eine Hand, und einer seiner Männer trat vor, die Waffe auf die Dorfbewohner gerichtet. "Gib mir die Phiole, Estella. Oder ich beginne mit einer Demonstration dessen, was ich tun kann."

Estella zögerte, doch Emanuel berührte sanft ihre Schulter. "Wir haben keine Wahl", flüsterte er. Sie wusste, dass er recht hatte. Widerwillig trat sie vor und reichte die Phiole an Viktor. Seine Augen glitzerten vor Triumph, als er das kleine Gefäß in den Händen hielt.

"Endlich", sagte er. "Das Geheimnis der Yakumara gehört mir." Ohne zu zögern, öffnete er die Phiole und ließ einen Tropfen des Harzes aus dem gut gefüllten Gefäß auf seine Handfläche fallen. Er rieb die Flüssigkeit abschätzig zwischen den Fingern, wie ein Händler, der sich für die Konsistenz eines Öls interessiert, um dessen Preis er feilscht. Die Kokoma wichen währenddessen entsetzt zurück, doch die Söldner scherte das nicht: Sie sahen grinsend ihrem Auftraggeber zu, der scheinbar gewonnen hatte. Doch irgendwas veränderte sich plötzlich - erst begann die Luft um Rosseau herum immer mehr zu flimmern, und alle Umstehenden bemerkten, dass die Temperatur abrupt fiel. Ein unheimliches Licht umgab Viktor plötzlich, und ein schneidender Wind wehte unvermittelt durch das Dorf.

"Was ... was ist das?" stotterte Viktor, sein selbstsicheres Lächeln war verschwunden. Aus dem nun stark flimmernden Licht tauchten unvermittelt die Geister auf, dieselben schemenhaften Figuren, die Estella und Emanuel Tage zuvor geprüft hatten. Doch diesmal wirkten sie nicht nur unheimlich, sondern zornig, ihre Bewegungen ruckartig und bedrohlich. Sie umschlossen wie ein finsterer Nebel die gesamte Szenerie und machten ein Entkommen unmöglich.

"Die Geister erkennen seine Absichten", flüsterte Naru ehrfürchtig. "Er hat ihre heilige Gabe entweiht." Plötzlich trat zwischen den undeutlichen Manifestationen eine neue Erscheinung hervor – ein weibliches Geistwesen, dessen Form aus dem Harz auf Viktors Handfläche selbst zu entstehen schien. Es war Estella – oder vielmehr eine strahlende, überirdische Version ihrer selbst, ihre Konturen leuchteten in goldenem Licht, nackt wie in ihrer Traumprüfung. Dadurch jedoch wirkte Ihre Präsenz noch reiner, erhabener und furchterregend zugleich.

Estella spürte eine tiefe Verbindung zu diesem Geistwesen, als würde ihre eigene Seele in dessen Form widerhallen. Und sie merkte, dass Ihre Entschlossenheit und Ihr Zorn auf den Geschäftemacher Viktor nun durch weitaus höhere Mächte wirken würden. Sie trat vor, ihre Augen fixierten Viktor, und ihre Stimme erklang, durchdrungen von einer Kraft, die nicht nur ihre eigene war. "Du hast die Yakumara entweiht, Viktor. Deine Gier und dein Hochmut haben die Geister erzürnt. Jetzt wirst du die Konsequenzen tragen."

Viktor wich zurück, hielt jedoch die Phiole fest. "Das gehört mir!" rief er, seine Stimme voller Panik. Doch das Geistwesen streckte eine leuchtende Hand aus, und die Phiole begann zu vibrieren. Estella, als Vermittlerin zwischen den Welten, hob ihre eigene Hand, und in einem Moment perfekter Harmonie zwischen ihr und dem Geistwesen riss die Phiole aus Viktors Griff und glitt in ihre schützende Hand.

Das Harz, das Viktor ausgegossen hatte, verschmolz nun förmlich mit dem strahlend-zornigen Geistwesen, und das von ihr ausstrahlende Licht wurde so intensiv, dass die Dorfbewohner die Augen abwenden mussten. Viktor schrie auf, als das gleißende Licht ihn und seine Männer umhüllte. Einer nach dem anderen wurden die Söldner von einer unsichtbaren Kraft ergriffen, bis sie von der Lichtkugel verschlungen wurden. Als das Strahlen endlich nachließ, war nichts mehr von Viktor oder seinen Männern übrig.

Das Geistwesen wandte sich Estella zu. Es schien sich vor ihr zu verneigen, bevor es in goldenem Glanz verschwand, zusammen mit den übrigen Geistern, die das Rächen des Frevels an der Yakumara der weiblichen Macht überlassen hatten.

Sekunden später schien es, als wäre nie etwas geschehen: Die Dorfbewohner, die das Geschehen aus sicherer Entfernung beobachtet hatten, erhoben sich langsam und mit ungläubigem Staunen. Ihre Gesichter waren eine Mischung aus Furcht und Dankbarkeit. Und auch Naru, Iko, Tiago und der unter den Geiseln befindliche Lucien schienen noch völlig gefesselt von dem, was sich eben zugetragen hatte. Aritana, der Medizinmann, trat vor, seine Augen auf Estella gerichtet und sprach erstaunlich gefasst auf sie ein. "Die Geister haben entschieden", übersetzte Tiago mit zitternder Stimme. "Du bist die neue Hüterin der Yakumara. Es liegt an dir, dafür zu sorgen, dass ihre Gabe niemals missbraucht wird."

Die Dorfbewohner brachen in Jubel aus – für die Bewohner des Dschungels hatte sich nicht nur manifestiert, wofür sie immer gekämpft hatten, sondern sie hatten nun auch eine Verteidigerin ihrer Sache in der

anderen Welt jenseits des Dschungels gefunden. Könnte
es einen bessern Grund für ein großes Fest geben?

Die Dorfbewohner schmückten das Dorf mit Blumen
und bunten Stoffen, die sie aus ihren Vorräten holten,
während Kinder lachend zwischen den Erwachsenen
umherliefen. Eine große Feuerstelle wurde entzündet,
um die sich die Menschen versammelten. Die
Trommeln der Kokoma begannen zu schlagen, ihr
Rhythmus tief, durchdringend und treibend, wie das
Herz des Dschungels selbst. Männer und Frauen
führten traditionelle Tänze auf, ihre Bewegungen
geschmeidig und kraftvoll, als erzählten sie Geschichten
von ihrer Geschichte und ihren Göttern. Die Ältesten
erzählten in melodischen Gesängen Legenden über die
Geister des Waldes und die Bedeutung der Yakumara,
während die jüngeren Dorfbewohner mit fröhlichem
Geplauder das Essen verteilten – geröstetes Fleisch,
frische Früchte und ein fermentiertes Getränk aus
Maniok, das sie stolz anboten.


Estella und Emanuel saßen zusammen mit Naru, Iko,
Tiago und Lucien an einem der Plätze, ihre Herzen
voller Dankbarkeit. Lucien, der sich während des Festes
etwas im Hintergrund gehalten hatte, wandte sich an

Estella und Emanuel, während er einen Schluck des Maniok-Getränks nahm. "Das ist ein bedeutsamer Moment, aber wir dürfen nicht vergessen, was vor uns liegt", sagte er leise, sein Blick ernst. "Das Harz der Yakumara hat das Potenzial, unzählige Leben zu retten, aber nur, wenn wir sicherstellen, dass es auf die richtige Weise genutzt wird. Unsere Rückkehr in die Zivilisation wird entscheidend sein."

Estella stimmte zu: „Wir werden bald aufbrechen müssen. Aber lasst uns diesen Moment einfach genießen und uns dem hingeben, was wir erreicht haben."

Lucien nickte zustimmend: "Ich wusste, dass wir es schaffen würden", sagte er schließlich, während er seinen Becher des Maniok-Getränks hob. "Aber ich hätte nicht erwartet, dass es so endet. Die Geister scheinen wirklich auf eurer Seite zu sein." Ein kleines Mädchen kam auf Estella zu und überreichte ihr eine Kette aus Blumen. "Für die Hüterin", sagte sie schüchtern, wie Tiago übersetzte, noch bevor sie eilig wieder davonlief,

und Estella spürte, wie ihr Herz vor Rührung
anschwoll.

Später, als die Trommeln langsamer wurden und die
Nacht sich vertiefte, wurde der Rhythmus feierlicher.
Einige der Dorfbewohner trugen mit Farben bemalte
Masken und führten ein Ritual auf, das Estella
Ehrfurcht einflößte. Sie konnte spüren, dass dies ein
Moment war, der nicht nur ihr, sondern der gesamten
Gemeinschaft galt – eine Verbindung zwischen
Vergangenheit, Gegenwart und Zukunft, vereint durch
die Geister des Waldes.

Später, in ihrer Unterkunft, saßen Estella und Emanuel
schweigend nebeneinander. Die Geräusche des Festes
hallten noch in der Ferne, doch sie hatten sich
zurückgezogen, um einen Moment der Intimität zu
teilen. Emanuel legte eine Hand auf ihre Schulter und
sah sie an, seine Augen voller Stolz und Zärtlichkeit.
"Du warst heute unglaublich, Estella. Ich habe noch nie
jemanden gesehen, der so stark und so wunderschön
ist."

Estella lächelte, ihre Augen glitzerten vor Emotionen.
"Ich hätte es ohne dich nicht geschafft. Wir haben das
zusammen getan."

Ihre Worte wurden durch seinen Kuss beendet, der all die Erlebnisse und Emotionen des Tages entlud. Unter dem sanften Licht der Dschungelnacht fanden sie erneut zueinander, ihre Körper verschmolzen in einer Leidenschaft, die stärker war als je zuvor. Sie wussten, dass ihre Reise noch nicht zu Ende war, doch in diesem Moment zählte nur die Hingabe, die sie miteinander teilten.

# KAPITEL 16: RÜCKKEHR IN DIE ZIVILISATION

Der Morgen nach dem Fest erwachte in einem warmen, goldenen Licht, das durch die Blätter der umliegenden Bäume fiel. Das Dorf der Kokoma war bereits in Bewegung und Estella, Emanuel und Lucien bereiteten sich darauf vor, Abschied zu nehmen. Die Nacht hatte ihnen Erholung und Erneuerung gebracht, aber die Herausforderungen, die vor ihnen lagen, trieben sie nun an.

Aritana trat vor, begleitet von Naru und Iko, um sie zu verabschieden. Er reichte Estella die wieder sorgsam versiegelte Phiole, gefüllt mit dem übrig gebliebenen Teil des Harzes, das er in der Nacht selbst sorgsam durch seine geübten Hände und allerlei Rituale gesegnet hatte. „Dies ist ein Geschenk der Geister. Nutze es mit Bedacht. Du bist nun seine Hüterin." Naru übersetzte die Worte, seine Stimme voller Respekt.

Estella nahm die Phiole mit beiden Händen und spürte erneut, wie die Energie, die von ihr ausging, sie durchströmte. Sie nickte bedeutsam: „Ich verspreche, es zu beschützen und nur für das Wohl der Menschen einzusetzen."

Dann brach die Gruppe auf, wieder begleitet von ihren Trägern, die jedoch nicht allzu weit gehen mussten, denn Lucien hatte mithilfe eines Satellitentelefons für einen bequemeren Heimweg gesorgt: Die Rückkehr in die Zivilisation war eine logistische Herausforderung, die er mit seiner gewohnten Effizienz anging. Lucien organisierte einen Hubschrauber, der sie aus dem Dschungel zu einem kleinen Flugplatz brachte, von wo aus sie weiter nach Rio und schließlich zurück nach Europa reisen konnten. Die Flugreise war lang und bot reichlich Gelegenheit für Gespräche. Lucien nutzte die Zeit, um konkrete Pläne zu schmieden.

„Wir müssen sicherstellen, dass dieses Harz in den richtigen Händen bleibt", begann er. „Ich habe bereits Kontakte zu einer Forschungsorganisation, die diskret und ethisch arbeitet. Sie werden uns helfen, die Eigenschaften der Yakumara zu analysieren." Emanuel nickte. „Das ist ein guter Anfang. Aber wir müssen darauf vorbereitet sein, dass es Menschen wie Viktor gibt, die alles tun würden, um die Pflanze auszubeuten.“

Estella, die das Harz in ihrer Tasche sicher aufbewahrte, blickte aus dem Fenster des Flugzeugs. „Wir können uns nicht nur auf die Wissenschaft verlassen. Ich habe eine Verbindung zu dieser Pflanze – eine, die wir vielleicht noch nicht vollständig verstehen. Aber ich werde alles tun, um sie zu schützen.“

Zu Hause begannen die Tests sofort: Lucien hatte das Labor in einer abgelegenen Einrichtung gewählt, wo ein kleines Team von Wissenschaftlern unter strengster Geheimhaltung arbeitete. Das Harz wurde analysiert, und die Ergebnisse übertrafen alle Erwartungen: Die chemische Zusammensetzung war einzigartig und zeigte ein erstaunliches Potenzial zur Heilung schwerer Krankheiten, einschließlich bestimmter Krebsarten.

Doch es war mehr als das – das Harz schien eine Art energetische Resonanz zu besitzen, die niemand erklären konnte.

Während die Wissenschaftler sich die Köpfe zerbrachen, was diese energetische Resonanz zu bedeuten hat, bemerkte Estella, dass ihre eigene Verbindung zur Yakumara stärker wurde. Sie spürte, wie ihre Sinne geschärfter wurden, wie sie die Emotionen der Menschen um sie herum intensiver wahrnahm. Manchmal, wenn sie die Phiole berührte, hatte sie Visionen – kurze, intensive Eindrücke von Möglichkeiten, von Wegen, die vor ihnen lagen. Emanuel beobachtete sie dabei oft mit einer Mischung aus Sorge und Staunen. „Denkst du, das ist eine Nebenwirkung?" fragte er eines Abends, als sie zusammen auf der Terrasse des Labors saßen.

Estella schüttelte den Kopf. „Ich glaube nicht. Es fühlt sich an, als wäre es ein Teil von mir geworden. Vielleicht ist das der Preis – oder die Gabe – für die Rolle der Hüterin."


Die Ergebnisse der Tests wurden in einem exklusiven Kreis geteilt und diskutiert: Lucien drängte darauf, alles geheim zu halten, bis sie einen wirksamen Weg gefunden hatten, die Pflanze und ihre Herkunft zu schützen. Doch trotz aller Vorsicht erreichten Gerüchte die Außenwelt. Eine konkurrierende Forschungsgruppe begann Fragen zu stellen, und es wurde klar, dass ihre Arbeit nicht lange im Verborgenen bleiben konnte.

„Wir brauchen einen Plan", sagte Lucien bei einem erneuten Treffen mit Estella und Emanuel. „Wir können die Yakumara nicht für immer geheim halten. Aber wir müssen sicherstellen, dass niemand sie ausbeutet. Vielleicht könnten wir die Rechte an eine wohltätige Organisation übertragen."

Estella dachte lange nach, bevor sie sprach. „Die Geister haben uns die Yakumara anvertraut. Es ist unsere Verantwortung, ihre Gabe mit der Welt zu teilen – aber nur, wenn wir sicherstellen können, dass sie für das Richtige genutzt wird. Ich werde alles tun, um das zu garantieren."

Emanuel legte eine Hand auf die ihre. „Wir stehen das gemeinsam durch. Egal, was kommt." Und es sollte noch Einiges auf die beiden warten.

# KAPITEL 17: DIE SOIRÉE DER ENTHÜLLUNGEN

Das prunkvolle Anwesen der Gräfin Estella am Rande des malerischen Sees war an diesem Abend hell erleuchtet: In den hohen, kunstvoll verzierten Räumen versammelten sich handverlesene Gäste aus Politik, Wirtschaft und Kultur – Menschen, derer Aufrichtigkeit Estella sich sicher war. Sie hatte zu einer Soirée geladen, um heimliche Verbündete für den Schutz und die gemeinnützige Verwertung der Yakumara zu gewinnen. Es war das erste große gesellschaftliche Ereignis seit ihrer Rückkehr aus dem Amazonas, und die Welt blickte gespannt auf die elegante Gastgeberin.

Emanuel stand in einer Ecke des weitläufigen Salons und beobachtete die eintreffenden Gäste. Sein dunkler Anzug saß perfekt, doch seine Haltung war angespannt. Estella war in Gespräche vertieft, ihre Präsenz strahlend wie immer. Doch Emanuel spürte die unterschwellige

Spannung, als zuerst Delphine Marceau, einige Minuten später dann und Henry Calloway den Raum betraten.

Delphine Marceau, die ehemalige Diplomatin und nun Vermittlerin von wertvollen Geschäfts- und Einflusskontakten in den Kreisen der Reichen, war für ihre Eleganz und ihre scharfe Zunge bekannt. Estella hatte sie eingeladen, um ihrem Versprechen aus der Helios Lounge nachzukommen – wenn vielleicht auch auf unerwartete Weise. Calloway hingegen hatte andere Qualitäten als Gast: Seine Wachsamkeit und seine Instinkte sollten dem Projekt Yakumara noch zugutekommen, wie Estella befand. Ihre Ankunft ließ Emanuel innerlich aufmerken. Er konnte sich zunächst aber keinen Reim darauf machen, weshalb seine beiden Bekannten anwesend waren.

Später am Abend zog Estella Emanuel beiseite und klärte ihn auf. „Marguerite hat ihren Job gut erledigt und sich für mich vergewissert, dass Delphine und Calloway ahnungslos sind, was hier vor sich geht", freute sie sich. „Ehrlich gesagt bin ich das auch?", fragte Emanuel, seine Stimme ruhig, doch seine Augen waren wachsam.

„Delphine bekommt heute ihre Belohnung dafür, dass
sie mich auf Deine Spur gebracht hat. Und Calloway
soll zeigen, was er nicht nur in Sachen Amazonas-
Warnungen, sondern sonst noch so zu bieten hat",
erwiderte Estella geheimnisvoll. Emanuel ergab sich in
sein Schicksal und lächelte sie an: „Ich fürchte, ich kann
Dir immer noch nicht folgen." Estella nickte. „Ich weiß.
Aber keine Sorge: Deshalb habe ich sie eingeladen, um
diese Soirée zu einem Abend der Wahrheit zu machen."

Als die Gäste sich um eine prunkvoll gedeckte Tafel
versammelt hatten, erhob sich die Gastgeberin, ein Glas
Champagner in der Hand. „Meine Damen und Herren",
begann sie mit ihrer klingenden Stimme, die jeden im
Raum in ihren Bann zog, „heute haben wir die
Gelegenheit, über eine Vision zu sprechen, die weit
über das hinausgeht, was wir bisher erreicht haben.
Denn wir haben nichts Geringeres als ein Wunder
entdeckt, und seine einzigartigen Eigenschaften sind
nicht nur eine Herausforderung, sondern auch eine
Chance für uns, Geschichte zu schreiben." Ein Raunen
ging durch die Runde der Gäste: „Wir feiern auch die

Menschen, die zu unserer Reise beigetragen haben – mit all ihren Stärken und Schwächen."

Ihre Augen wanderten zu Delphine und Henry. „Herr Calloway, Sie haben mich einmal gewarnt, dem Amazonas nicht zu vertrauen. Delphine, Sie haben mich erst auf die Spur dorthin gebracht. Und wie es scheint, haben wir heute die Gelegenheit, dahinterliegende Missverständnisse und Wünsche zu klären."

Ein erneutes Murmeln machte die Runde, doch Estella fuhr fort, ihre Haltung elegant und entschlossen. „Delphine, Sie haben mich auf Emanuels Spur gebracht und dafür Ihre Forderung gestellt, Viktor Rosseau zur Verantwortung zu ziehen. Ich darf Ihnen mitteilen, dass dies bereits geschehen ist. Viktor ist tot. Die Geister des Amazonas haben ihn zur Rechenschaft gezogen, und sein Schicksal hat sich auf eine Weise erfüllt, die nur als gerecht bezeichnet werden kann. Doch wie es scheint, haben wir heute die Gelegenheit, Missverständnisse aus dem Weg zu räumen."

Delphine lächelte süßlich. Sie hob ein Glas, ihr Lächeln leicht spöttisch. „Eine faszinierende Wendung. Was Viktor betrifft, muss ich sagen, dass ich sein Ende auf

die denkbar amüsanteste Weise angemessen finde –
erledigt von der eigenen Gier."

Emanuel erhob sich, sein Blick fest auf Delphine
gerichtet. „Und ich muss mich noch dafür bedanken,
dass Sie Estella auf meine Spur gebracht haben. Sonst
hätten wir heute nicht eine echte Sensation zu
verkünden.“

Henry, der bisher geschwiegen hatte, hob sein Glas.
„Nun, Gräfin, ich kann nicht leugnen, dass ich Ihre
Entscheidung angezweifelt habe, diesem Kerl in den
Dschungel nachzureisen. Es scheint, meine Warnungen
waren nicht unbegründet. Doch ich sehe, dass Sie mit
kluger Hand alles zu Ihrem Vorteil gewendet haben.“


Estella nickte, ihre Augen glänzten vor
Entschlossenheit. „Wir alle tragen unser Gepäck, aber
heute lassen wir es hier. Herr Calloway, ich habe eine
besondere Aufgabe für Sie, denn es gilt, die Zukunft der
Menschheit zu schützen. Eine Zukunft, liebe Gäste, bei
deren Verwirklichung ich auf Sie und Ihr Engagement
setze“, erklärte sie.

Die Atmosphäre im Raum war nun zum Zerreißen angespannt: „Das Geheimnis, das ich aus dem Amazonas mitgebracht habe, ist eine Pflanze, die Yakumara, deren Harz unglaubliche Heilungskraft besitzt. Um diese Gabe der Menschheit zugänglich zu machen, brauche ich Verbündete, die ihre Sicherheit gewährleisten und ihre Integrität schützen. Sind Sie bereit, Teil dieses Projekts zu werden?"

Die Gesellschaft applaudierte zunächst verhalten, aber Interesse signalisierend an dem, was nun kommen würde. Marguerite stand diskret am Rand und schenkte Estella ein zustimmendes Lächeln. „Meine Damen und Herren, ich möchte Ihnen bereits einige Erkenntnisse aus unseren bisherigen Forschungsarbeiten zur Yakumara vorstellen. Erste klinische Studien zeigen ein unglaubliches Potenzial bei der Behandlung schwerer Krankheiten wie bestimmter Krebsarten und degenerativer Erkrankungen. Doch um dieses Wissen weiterzuentwickeln und in der ganzen Welt zugänglich zu machen, brauche ich Sie. Ihre Expertise, Ihre Netzwerke und Ihre Unterstützung sind entscheidend, um sicherzustellen, dass dieses Geschenk der Natur verantwortungsvoll und gerecht genutzt wird."

Der Abend endete triumphal. Die Anwesenden zeigten sich begeistert und bereit, der Welt diese Segnung zukommen zu lassen. Später, als Marguerite die letzten Details des Abends arrangierte, fand sie einen Moment, um Estella zuzuflüstern: „Sie haben heute viele wichtige Weichen gestellt, Madame. Und sie alle waren an der richtigen Stelle." Estella nahm Emanuels Hand unter dem Tisch, ihre Finger verschlungen, ein stilles Zeichen ihrer Unterstützung.

Als die Gäste sich später in kleinen Gruppen zerstreuten, um den Abend ausklingen zu lassen, zog Estella Emanuel auf die Veranda hinaus. Der Mond spiegelte sich im stillen Wasser des Sees, und die kühle Nachtluft war eine willkommene Erfrischung. „Ich habe nie daran gezweifelt, dass du deinen Weg finden wirst", sagte sie leise.

Emanuel zog sie in seine Arme, seine Stimme ein Flüstern. „Und ich habe nie daran gezweifelt, dass wir diesen Weg zusammen gehen." Die Nacht umhüllte sie, und der Abend, der mit kleinen und großen

Enthüllungen begann, endete in der stillen Sicherheit ihrer Verbindung – stärker als je zuvor.

# KAPITEL 18: EIN GESCHENK AN DIE WELT

Auch wenn die Tage nach ihrer Rückkehr gefüllt waren mit hektischen Diskussionen, strategischen Treffen und der ständigen Sorge, wie sie die Yakumara vor Ausbeutung schützen konnten: Sie kamen zu keinem Resultat. Estella wusste, dass die Zeit drängte. Die Gerüchte über das Harz hatten sich bereits verbreitet, und es war nur eine Frage der Zeit, bis finanzstarke Interessengruppen versuchten, ihre Kontrolle über die Pflanze zu erlangen.

Schließlich reichte es ihr: Estella zog sich in den Konferenzraum eines ihrer Technologieunternehmen zurück, um einen Plan zu schmieden. Ihre Lösung war so klar wie radikal: Die Yakumara musste für die gesamte Menschheit zugänglich sein – frei von Patenten, Konzernkontrolle und politischen Machenschaften. Gleichzeitig wollte sie sicherstellen, dass die bisherigen Erkenntnisse und die zukünftige Forschung in geordneten Bahnen verliefen.

Lucien und Emanuel waren skeptisch, als sie ihnen ihre Idee vorstellte. „Du willst die chemische Formel des Harzes veröffentlichen?", fragte Lucien ungläubig. „Das ist ein Risiko. Sie könnten es missbrauchen, billige Kopien herstellen oder versuchen, es für eigene Zwecke zu modifizieren."

Estella schüttelte den Kopf. „Wenn wir es geheim halten, wird es immer ein Ziel sein. Aber wenn wir die Formel öffentlich machen, nehmen wir ihnen die Macht. Niemand kann etwas besitzen, das allen gehört."

Emanuel sah sie an, seine Stirn nachdenklich gerunzelt. „Das ist ein großer Schritt. Aber vielleicht ist es der einzige Weg, um sicherzustellen, dass die Yakumara wirklich der Menschheit dient."

Estellas Plan war beschlossene Sache: In einer Nacht voller Arbeit und Koordination mit ihrem Team bereitete sie den entscheidenden Moment vor. Neben der Veröffentlichung der Formel richtete sie die Lorient-Stiftung ein, die weltweit die Forschung und

Anwendung des Harzes koordinieren sollte. Diese Organisation, finanziert durch ihr Technologieimperium und internationale Förderer, hatte eine klare Mission: sicherzustellen, dass die Yakumara nur für ethische und wohltätige Zwecke genutzt wurde. §und wir werden dafür sorgen, dass die Stiftung eng mit indigenen Gemeinschaften zusammenarbeitet, um deren Rechte und Wissen zu schützen", legte Estella fest.

Die Bombe ließ sie an einem Tag im August platzen: In einer globalen Kampagne wurde auf der speziell eingerichteten Plattform die chemische Zusammensetzung des Harzes zusammen mit einer umfassenden Beschreibung seiner Wirkung veröffentlicht. Begleitet wurde dies von einem persönlichen Video, in dem Estella ihre Vision erklärte:

„Die Yakumara ist ein Geschenk – nicht an eine Nation, nicht an ein Unternehmen, sondern an die gesamte Menschheit. Heute teilen wir ihr Geheimnis, um sicherzustellen, dass niemand sie jemals ausbeuten oder monopolisieren kann. Es liegt an uns allen, sie zu schützen und ihre Kraft für das Wohl aller einzusetzen."

Das Video ging innerhalb weniger Stunden viral um den Globus: Wissenschaftler weltweit begannen sofort, die Formel zu analysieren, und erste Initiativen zur ethischen Erforschung wurden gestartet, finanziert durch die Lorient-Stiftung und zahlreiche andere Geldgeber. Lucien konnte nicht verbergen, dass er beeindruckt war. „Du hast sie alle überrascht", sagte er mit einem Lächeln. „Selbst mich."

Die globale Resonanz war gewaltig: Innerhalb weniger Monate zeigten erste klinische Studien erstaunliche Erfolge. In einem Fall konnte ein 8-jähriges Mädchen mit einer aggressiven Form von Leukämie geheilt werden, nachdem sie mit einem Medikament behandelt wurde, das auf dem Harz basierte. In einem anderen Fall verbesserte sich der Zustand eines Patienten mit unheilbarem Lungenkrebs so dramatisch, dass die Ärzte es als Wunder bezeichneten.

Estella blieb im Hintergrund, lenkte die Entwicklungen jedoch unbeirrbar und mit kluger Hand. Während die Stiftung die Arbeit koordinierte, sorgte sie dafür, dass die Gewinne aus der Produktion der synthetisierten Medikamente in wohltätige Projekte reinvestiert wurden. Gleichzeitig führte die Lorient-Stiftung ein weltweites Netzwerk aus Wissenschaftlern, Medizinern und indigenen Vertretern an – eine Versicherung dafür, dass die ursprüngliche Pflanze geschützt blieb.

Doch Estella spürte, dass die Yakumara mehr war als nur ein Medikament. Ihre Verbindung zur Pflanze blieb tief. Manchmal, wenn sie die Phiole hielt, spürte sie eine Kraft in sich, die sie stärker und ihre Sinne schärfer machte. Emanuel beobachtete sie oft dabei und fragte eines Abends: „Fühlst du dich jetzt endlich frei?" Estella lächelte. „Frei? Vielleicht nicht. Aber ich fühle mich ganz. Die Yakumara hat mir eine Aufgabe gegeben, und ich werde sie erfüllen."


Monate später reisten Estella und Emanuel erneut nach Brasilien, zurück ins Dorf der Kokoma zu einer feierlichen Zeremonie: diesmal in Begleitung auserlesener Wissenschaftler, indigener Vertreter und ethische Organisationen. Aritana sprach – unterstützt von Taigo als Übersetzer – aus seiner Sicht über die Bedeutung dessen, was Estella getan hatte. Naru übersetzte: „Die Geister haben ihre Gabe geteilt, und Estella hat sie mit der Welt geteilt. Jetzt liegt es an uns allen, ihre Verantwortung zu tragen." Eine Verantwortung, der sich die Gäste mehr und mehr bewusst wurden, je klarer wurde, was die Entdeckung zu leisten vermag.

Als die Nacht hereinbrach und die Trommeln der Kokoma erneut erklangen, spürte Estella eine tiefe Zufriedenheit: Die Yakumara würde nie mehr in falsche Hände geraten. Sie hatte ihre Rolle als Hüterin erfüllt – und eine Welt geschaffen, in der ihre Gabe ein Geschenk für alle war.

Später, in einer ruhigen Stunde, saß Estella allein auf der Veranda ihrer Hütte am Rande des Dorfs. Ihre Gedanken wanderten zurück zu dem Moment, als sie Emanuel zum ersten Mal begegnet war. Die glühende Leidenschaft jener Nacht, die darauf folgende Enttäuschung, und schließlich die Prüfungen, die sie beide durchgestanden hatten, erschienen ihr wie ein ferner Traum. Doch diese Erlebnisse hatten sie zu dem Menschen gemacht, der sie heute war.

Als Emanuel leise zu ihr trat und seine Arme um sie legte, spürte sie die Wärme, die sie seit der Nacht in den Ruinen des versunkenen Tempels stets begleitet hatte. Ihr „Wir" hatte eine Tiefe erreicht, die sie nie für möglich gehalten hatte. Sie war nicht nur stark und erfüllt und selbstbestimmt, sondern auch begehrt und geliebt – auf eine Weise, die sie sich als die Erbin und Gräfin Estella nie hätte erträumen können.

„Ich habe dir viel zu verdanken", flüsterte sie, ihre Stimme ganz weich. „Wir haben das gemeinsam geschafft", erwiderte Emanuel und zog sie näher zu sich. In dieser Nacht, unter dem Sternenhimmel, fanden sie erneut zueinander, ihre Leidenschaft brannte heller als je zuvor. Estella wusste, dass ihre Mission erst begonnen hatte, doch sie fühlte sich bereit für alles, was da noch kommen mochte.